流転の月

柳原白蓮ノート

中西洋子

Nakanishi Yoko　Ruten no Tsuki -Yanagiwara Byakuren note-

角川書店

目次

装幀　小島真樹
章扉・系図作成　南　一夫

流転の月　柳原白蓮ノート

中西洋子

はじめに

柳原白蓮という歌人が気になり出してから何年になるだろうか。ある年、「相聞の会」（歌誌「相聞」編集・発行は筆者）で毎年行う三月の歌会を群馬県の四万《しま》温泉で開催したことがあった。会場は江戸時代から続く「積善館」という鄙びた大きな旅館である。フロントの古道具類などが展示してあるガラスケースを何気なく覗いていた折、その中に「白蓮」と署名の読める歌の色紙が目にとまった。思いがけなくて係の人に確かめると、やはり白蓮の直筆ということである。色紙には、

　ふるさとにかへりしこ（ご）とき四万の里若葉の山は抱（か）むとする　（）は筆者

としたためられている。ふっくらとのびやかな筆蹟であった。

　聞いてみると、当館の先代女将（第十八代）関民子さんは、白蓮が東京で歌の教師をしていた頃の教え子であるという（昭和十九年前後、東京西片町にあった東京女子高等学園）。一九三五年（昭一〇）に創刊した歌誌「ことたま」（白蓮没後は龍介を経て娘の宮崎蕗苳さんが代表だった）の会員でもある。わが一行が歌会のために訪れたことを知ると大いに歓待してくれた。白蓮がここを訪れたのは昭和三

十二、三年頃、吾妻郡（現東吾妻町）の婦人会に招かれて講演を行った折などで、いつも泊まったという二階の部屋（茜一）からは、四万の山々が間近によく見渡せた。また、近くの小高い山のある譲り葉公園内には歌碑も建っていた。

山のあなたひるも夜もある灯ひとつしつ（づ）かなるかな四万のやまなみ　（　）は筆者

山ふところにすっぽり包みこまれた隠れ里のようなこの四万の地は、白蓮にとってこの上ない安らぎの場所であったようである。訪れた土地への挨拶としての誉め言葉ではなく、この土地へのしみじみとした親しさが伝わってくる一首だ。昭和三十二、三年頃といえば、敗戦の年、学徒出陣中に長男香織が戦死した後、「悲母の会」（後に「国際悲母の会」を経て「世界連邦平和運動」）を結成し、各地を講演して歩いた時期に当たる。右の婦人会の招きも大方はこの講演のためであったのだろう。当時、白蓮はすでに七十代前半になっていた。

二〇〇八年（平二〇）五月、上代文学会の大会で福岡を訪れる機会があり、思い立って飯塚まで足を延ばした。当地は白蓮が炭鉱王・伊藤伝右衛門と再婚し、一九一一年（明四四）から十年間暮らした地である。かつては筑豊炭田の炭坑で栄えた町であったが、現在その面影はほとんどなく、ゆるやかに流れる遠賀川を挟んだ、静かな田舎町という趣であった。ただ、わずかに往時をしのぶことが出来たのは、初夏の明るいみどりに覆われた小高い山々が、実はすべてぼた山の跡だと教えてくれた運転手の言葉からであった。東京からはるかに隔絶した炭坑の地、ぼた（選炭後の粗悪な石炭）を積み上げた山のどこまでも連なる風景は、都会に住み慣れた白蓮の目にどのように映っただろうか。

　町はずれの幸袋町にある旧伝右衛門邸は、現在飯塚市に委託され、地域起こしの一つとして観光に一役買っている。私の訪れた時も、ボランティアの案内人が団体客を幾組も引率して、ひどく賑やかであった。広大な敷地（一五〇〇坪）の中に建つ贅を尽くした日本家屋の二五〇坪からなる屋敷、数多くの部屋と選び抜かれた和洋の家具調度類、水洗式の上下水道設備、四季折々の美しさをうかがわせる広々とした日本式庭園などなど、どれをとってもため息が出るほど豪華で贅沢であり、便利ですばらしい生活環境であった。白蓮が日ごろ使っていた二階の部屋は明るくて見晴らしがよかった。床の間には自筆の歌が掛かっている。

　　朝化粧五月となれば京紅のあをき光もなつかしきかな

この家での十年間は妻とは名ばかりの、複雑な家族構成と因習に充ちた日々だったようであるが、右のような細やかで女らしい歌に出あうと、こうしたおだやかな時間もあったのだと何かほっとさせられる。しかし、この頃の白蓮の写真はどれを見ても身内から湧き出るような寂しさと憂い深い表情ばかりである。伝右衛門はこの他にも、白蓮のために福岡市天神と別府市青山に「あかがね御殿」と呼ぶ別邸を建てた。特に別府は文人やジャーナリストの集う文芸サロンの場となり、白蓮は「筑紫の女王」と呼ばれるまでになるのである。

炭鉱の歴史や炭鉱で財力を築いた人々とともに、白蓮に関連した資料を提示している九州歴史資料館や、店の一角を展示スペースとする「藍ありまつ」にも訪れてみた。女主人の有松道子さんは、現在手に入らない歌集、著書などの貴重な資料を初対面の私に見せて丁寧に説明してくれたのであった。

同年十月、日本橋髙島屋で「柳原白蓮展」が開催された。その生涯の足跡を辿っての総合的な資料展示は、予想以上に詳細で見応えがあった。とりわけ宮崎龍介と結婚後の、後半生を切り拓いていく姿に私は心打たれたのである。四万温泉で偶然白蓮の色紙に出あって以来、この歌人に関する歌集や著書などを折々読み返していたのではあったが、関心の在り処が自分の中で今一つはっきりしないままに過ぎてきた。それがこの機会を得て、あらためて柳原白蓮という歌人に向き合ってみようと思うに至ったのである。

国際連合では一九七五年から十年間を国際婦人年と定めていた。女性の地位向上を図るためである。これをきっかけとして、いまだに根強く残るさまざまな女性差別問題が多くの場で論じられた。いわゆるフェミニズムやジェンダーと出あい、自立への意識が女性達の自覚をうながし、しだいに定着していった時代である。それは女性自身が自分の生き方を問い直し、模索する機会でもあった。そうした機運と相俟って女性史をはじめ文学や歴史上の、さまざまな女性の生き方に関する著書が盛んに出版されるようになっていく。高度成長経済と重なる時代であった。

永畑道子著『恋の華・白蓮事件』（新評論社・一九八二年）や、瀬戸内晴美編『人物近代女性史 女の一生４ 恋と芸術への情念』（講談社・一九八〇年、岩橋邦枝「柳原白蓮」）などはその頃読んだものであった。いずれもその希有な境遇と波乱に満ちた人生に強い印象を受けたことは、今も記憶に新しい。この後も林真理子著『白蓮れんれん』（中央公論社・一九九四年）が出版された。数多い文献資料を参考にした伝記小説であり、その生涯の全貌が詳しく語られている。

大正天皇の従妹に当たる伯爵家出身にして、佐佐木信綱主宰「心の花」所属の美貌歌人、初婚では一子功光《いさみつ》を残して離婚、二十六歳で二十五歳も年齢差のある九州福岡の炭鉱王・伊藤伝右衛門との再婚、「あかがね御殿」の女主人、「筑紫の女王」としての華やかな社交生活、七歳年下の帝大生・宮崎龍介との恋愛と出奔、夫伝右衛門への新聞紙上における絶縁状の公開と離婚に至るまでの顛末など、その生涯のどの部分をとってみても興味をそそられぬものはない。

白蓮といえばしかし、大方はいわゆる「白蓮事件」のヒロインとして、あるいは『踏絵』の世界にうかがわれるような閨秀歌人として、強く印象づけられてきたと思う。龍介と結婚して二児の母となり、結核の床についた龍介を看護しつつ文筆で生活を支え、またその社会活動に助力したこと。さらには敗戦間際に愛息香織の戦死に遭い、「悲母の会」を結成し、やがては平和運動のために全国を講演して歩いたことなど、後半生の、特に戦後の生き方については前出の著書をはじめ、ほとんどが簡単な記述で済まされており、それほど評価されていないのが現状であろう。先に触れたように、後半生と歌の世界を中心に辿りながら、この歌人に対する従来の見方を問い直してみようと思う。

ところで、折口信夫の「零時日記（Ⅱ）」には、次のような箇所がみえる。

> （前略）さうした身分ある人々のお道楽の御相談役なる某博士の門下から、なる程出るべきはずの人々が出た訣なのである。住友銀行の重職に居る川田某、藤原氏なることを誇りともし、穢しもして居る何某妻燁子、六條の門跡から九條の摂家に入つた何某妻武子が其である。物珍でに慣ぶみを謬る歌人たちは、まづ此らの人々を、えらい様にも思ひ、えらい様にも褒め立てた。（略）

けれどもあいにくなものは、肝腎其人々の歌のまづさである。

（『折口信夫全集』第28巻）

言わずと知れた佐佐木信綱をはじめとする「心の花」の主要歌人について述べたもので、財力と身分が高いという理由だけで歌を褒め立てる歌人を批判し、その歌の拙いことを口を極めて罵倒している。お道楽とも腰折れとも断定している。燁子（白蓮）もその一人だというのであった。右の文章は大正九年から十年にかけてのものであるから、白蓮の第一歌集『踏絵』（一九一五年・大四）と第二歌集『幻の華』（一九一九年・大八）は当然読んだ上のことであろう。折口の白蓮に関する批評はただこの一箇所だけで、「女流短歌史」や「女人の歌を閉塞したもの」など、女歌に関した戦後の評論にもその名は一切登場しない。

確かに、信綱門下には身分が高く財力を持つ人々が多く集まっている。また、旧派から続く上流階級の人々には教養の一つとして歌が嗜まれていたことも、否定は出来ない。しかし、だからといってお道楽だと切り捨ててしまうのは、いかがなものだろう。白蓮は十歳の頃、養父であった子爵北小路随光に歌の手ほどきを受けている。以来、生涯歌から離れることはなかった。彼女にとって歌とはどのような存在だったのか。

（略）養家で北小路随光が毎朝茶をたてる間に一首づつ歌を詠まされたという。此の経験は慣習として作歌の力を無意識のうちに身につけたのではなかろうか。あこがれと苦悶とをないまぜにして、情熱のままに、境遇の変化を詠み上げるとき、教えならされた和歌という機能の働きを充分に使いこなしている。

（『女人和歌大系』近代期前編）

右は白蓮を評した長澤美津の言葉であるが、白蓮の歌とその作歌方法を考えるとき非常に示唆的である。

踏絵もてためさるる日の来しごとも歌反故いだき立てる火の前
誰か似る鳴けようたへとあやさるる緋房の籠の美しき鳥
わがために泣きます人の世にあらば死なむと思ふ今の今いま
百人の男の心破りなばこの悲しみも忘れはてむか

（『踏絵』）

こうした初期の歌を見ると、恋の思いや不遇の心境を情念のおもむくにまかせて言葉が歌の形をなしていったという印象を受ける。長澤のいう、慣習として無意識のうちに身につけた作歌の力によるものであろう。（年譜参照『柳原白蓮展・図録』朝日新聞社事業本部西部企画事業チーム　二〇〇八年十月）

第一章　第一歌集『踏絵』まで

第一歌集『踏絵』の表紙

本稿の最終目的は、先述の通り白蓮の後半生における作品世界の展開である。しかし、ここに至るまでにはそれ以前の歌がどのように詠われ、どのように評価されてきたかを知っておく必要があるだろう。類い稀な人生の経緯とその詳細に関しては、さまざまな著述によりすでにほぼ明らかにされているといってよい。その人生と歌とは不即不離の関係にあり、切り離して考えることは不可能である。必要に応じてそうした文献資料を視野に入れつつ、作歌の営為を辿り、その検討と再評価を試みたいと思う。

なお、本稿では歌人白蓮の短歌作品を対象とし、発行された五冊の歌集（『几帳のかけ（げ）』も含む）を採り上げた。従って詩、および小説戯曲などは含まない。また、他誌に発表された短歌作品については必要とするもの以外は割愛した。かかげた作品の表記は旧かな（濁点使用）、常用漢字にあらためた。

一　出生から初婚と破婚を経て、学校生活へ

「柳原白蓮略年譜」（『柳原白蓮展・図録』）によると、白蓮（本名燁子《あきこ》、以下も）が「竹柏会」に入門したのは一九〇八年（明四一）、二十三歳の時姉信子に連れられてとある。同会入門には、養父であった子爵北小路随光が佐佐木信綱に師事していたことにも関わるだろう。北小路家は柳原家と縁戚関係にあり、先代にも養子を迎えているが、わずかな財産と公卿や華族に支給される恩賜金などで

暮らしを立てている、いわば貧乏公家であった。九歳の年（一八九四年・明治二七）その養女となった燁子を随光夫妻は非常に可愛がったという。ゆくゆくはその養嗣子資武《すけたけ》と結婚させる目的であったらしい。

随光は大和絵から抜け出してきたような優雅な人で、月の美しい夜など笙の笛を吹くという風流人、その妻久子の実家は国文学者の家系であった。この養母からも歌と漢文を学んだという（宮嶋玲子聞き書き・宮崎蕗苳監修『白蓮―娘が語る母燁子』、旧伊藤伝右衛門邸の保存を願う会、二〇〇七年五月）。こうした環境の中で、燁子は華族の子女としての教養の多くを身につけることになる。先に触れたように、中でも随光は和歌の指導には熱心だったらしい。ある時、苦しまぎれに学校で習った歌を真似て出した歌を、それと知らぬ随光はひどく誉めてよろこんだ、というエピソードも伝わっている。堂上びとの生活にとって和歌がいかに大切か、それをどのように教え込むかをよく物語る一例であろう。

竹柏会（信綱の号竹柏園に因む）の発足は明治二十九年（一八九六）である。当初「いささ川」の誌名で刊行されたが、同三十一年二月「心の華（第四巻三号から「花」）」として創刊、現在孫に当たる幸綱に継承されている。これと相前後して起こった与謝野鉄幹の東京新詩社（同三三年「明星」）、正岡子規の根岸短歌会（同三二年、後「馬酔木」「アカネ」を経て「アララギ」）などとともに、新派和歌運動の三大潮流の一つとなる活動であったことは記すまでもない。信綱はこれに先立つ同二十六年に

「新旧和歌折衷論」を発表しているが、『万葉集』『古今和歌集』『新古今和歌集』などの歌学研究者として豊かな古典文学の素養があったこと、和歌を父弘綱と同じく高崎正風に学んだことなどが、伝統を重んじる主張の基盤になっていたと考えられる（森脇一夫『近代短歌の歴史』、桜楓社、一九八五・四）。

高崎正風は知る通り桂園派の歌人であり、当時の宮内省御歌所々長であった。いわゆる旧派歌壇の中心的な存在として重きをなしていたのである。創刊号「こころの花」（編集者石榑千亦、選者信綱）には、巻頭に「歌の眼目」と題する正風の文章を載せており、また宮中の正月恒例行事である歌御会始《うたごかいはじめ》御題詠進歌の欄が設けられている。宮中関係者が名を連ねるその中には、燁子の叔母・権典侍柳原愛子《なるこ》の次のような歌も見える。

あらたまの年ほぐやどはふりつもる雪をさむしといふ人もなし

さらにまた、第三巻四号（明治三三年四月）には目次に続き、「本誌は畏くも　天皇陛下　皇后陛下　皇太子殿下　御覧を賜ふの栄を得たり　右謹みて愛読者諸君に告ぐ」という告示などもされており、この歌誌がいかに御歌所派と関わり深かったかがよくみてとれる。同誌に川田順、木下利玄、九条武子など、公家や上流階級の人々が多く集まる理由はきわめて当然のようであるが、その背景にはこうした大きな土壌があったのである。しかし、一方では、竹の里人（正岡子規）、与謝野鉄幹、晶子、森鷗外、小泉千樫などが執筆しており、結社を超えた自由な交流がみられるのは信綱の方針によるものであっただろう。

さて、燁子は小石川にあるこの養父母の邸から華族女学校（後の学習院女子中・高等科）に通うのだが、二年で退学を余儀なくされ、両家の取り決め通り資武と結婚させられてしまう。十五歳であった。資武は随光が他の女性に産ませた、やはり養子であったが、二度も学校を落第している上に、早くから女癖の悪い男であったらしい。隙をみては燁子をしばしば襲ったという。燁子が正妻初子の実子でないことを初めて聞かされ、強い衝撃を受けたのはこの人物からであった。しかし、翌年十六歳で功光を出産、一家は京都に移り住むが資武との夫婦生活に耐えきれず、ついに柳原家に出戻りをする。二十歳の時（明治三八年）であった。『踏絵』所収の、

殊更に黒き花などかざしける吾が十六の涙の日記
うもれ果てしわが半生をとぶらひぬかへらずなりし十六少女

などは当時を回想して詠われたものとみられる。『恋の華・白蓮事件』（前出）には、功光の聞き書きなども交えながら、当時の様子が詳しく記されている。

ここで、あらためて燁子の出生から北小路家の養女になるまでを説明しておこう。

燁子は伯爵柳原前光《さきみつ》の次女として、一八八五年（明一八）十月十五日元麻布三丁目（東京府麻布桜田町）に生まれた。柳原家は藤原北家冬嗣の子孫に当たり、日野家を祖先とする代々文筆の家柄であった。父前光は一八六八年（明元）東海道鎮撫副総督として功を立て、清国、ロシア公使を経て元老院議長、枢密顧問官などを歴任した。一八八四年（明一七）に制定された華族令で、伯爵を叙爵している。同じく北小路随光も叙爵したが、こちらは子爵であり、一つ下位であった（小田部雄次『華族』中央公論新社、二〇〇六・三）。

当時は国を挙げての西欧化全盛期、いわゆる鹿鳴館時代であり、外交使節を招待しての舞踏会が連日のように催された頃である。前光夫妻も当然そうした国際的な社交の場に出かけることが多かったのである。「燁子」という命名には、高位高官の夫人や令嬢が洋装で舞踏する、華やかできらびやかな印象が強く働いていたようである。なお、前光の妹愛子は明治天皇に仕え、大正天皇の生母となっている。つまり大正天皇と燁子とは従兄妹の関係にあった。また先に示したように愛子は和歌に優れており、税所敦子らとともに皇室関係の歌会などで活躍している。歌の血筋を燁子はこの叔母から受け継いだのであった。

実母であるりょうは柳橋の芸妓であったが、その父は新見《しんみ》豊前守正興。一八六〇年（万延元）、日米修好通商条約批准書交換のための正使として、アメリカに派遣された人物である。しかし、幕末の動乱で多くの幕臣が零落したように、新見家もそれを免れず、りょうは姉ゑつと二人で芸妓としての人生を辿ることになる。稀にみる美人であったりょうを前光と伊藤博文とが争ったという。燁子はこの母から美しさを受け継いでいた。しかし、燁子は生後間もなく柳原邸にひきとられ、そのまま里子に出されて乳母の増山くにに育てられる。柳原家に戻るのは小学校に上がる頃であった。豊かに愛情をそそいでくれたくにやその家族との別れは、幼い燁子には辛いことであっただろう。そうした燁子を前光の正妻・初子もひどく気遣ったという。しかし、柳原家での生活に落ち着く間もなく北小路家の養女として暮らすことになる。当主は前光から兄の義光に移る時であった。燁子の出生に関連した系譜は次頁の通りである。

　さて、実家柳原家に戻った燁子は、初子の隠居所での禁足状態の生活を経て二十三歳の年、東洋英和女学校（現・東洋英和女学院）で学ぶ日々を迎える。姉信子の力が働いていたとみられる。同級生とはかなりの年齢差があるものの、英文学やピアノを学び、奉仕活動の体験をするなどさまざまな知的刺激を受ける学校生活を送ったのである。後に『赤毛のアン』などの翻訳で知られる村岡花子と親しくなり、ともに信綱門下として歌を学んだ。こうした娘らしい楽しい生活は、燁子にとって何ものにも代えがたいことであっただろう。「心の花」における燁子の初見は一九一一年（明四四）六月、筆名は「白蓮」を用いている。

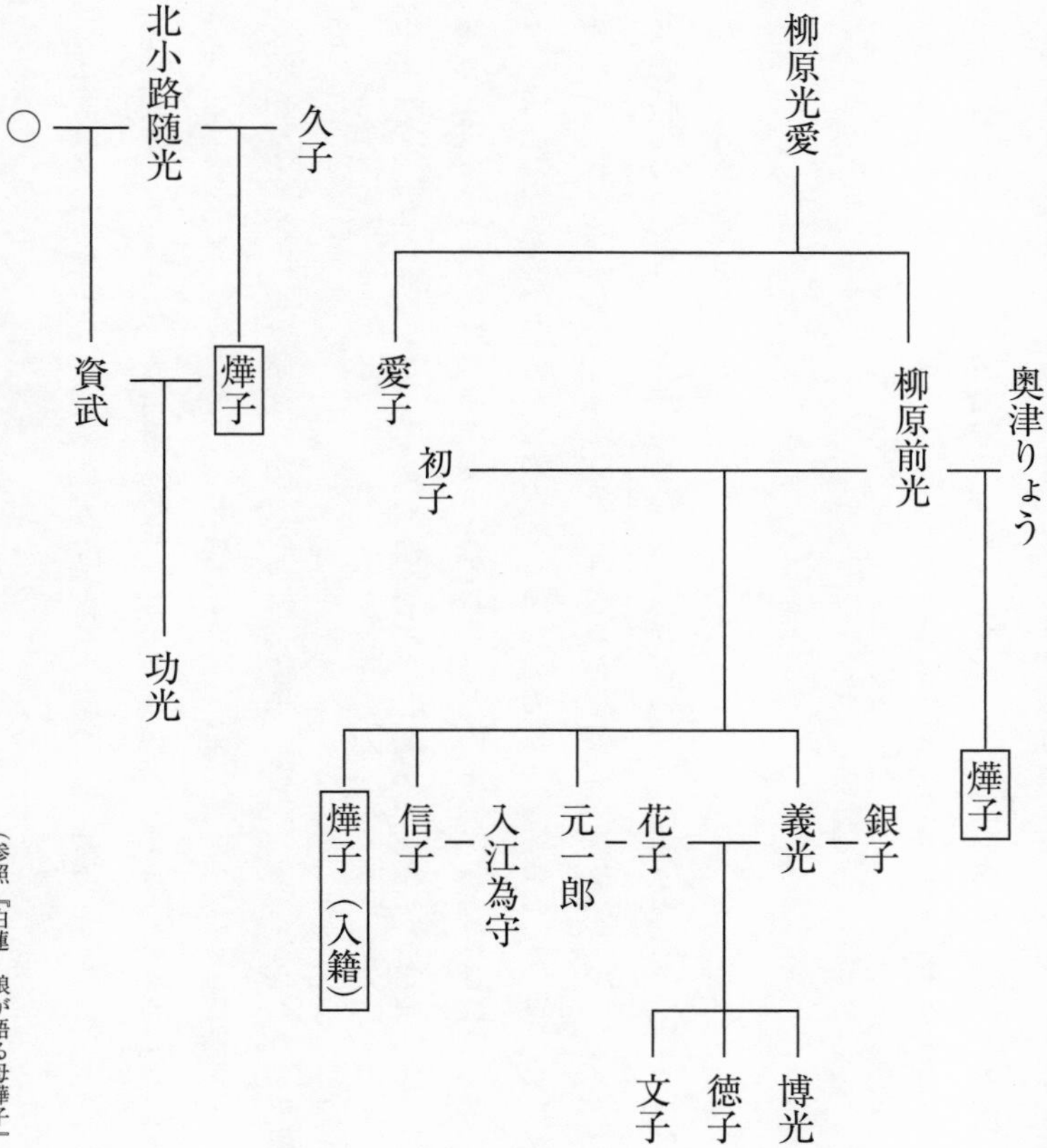

（参照『白蓮　娘が語る母燁子』『柳原白蓮展略年譜』『恋の華・白蓮事件』）

・附記

二〇〇九年（平二一）七月、「今、読み直す戦後短歌Ⅰ」と題してミニ講演会が催された（七月十二日・青山会館アイビーホール）。女性歌人の戦後短歌を再検討しようという意図である。森岡貞香（花山多佳子）、生方たつゑ（今井恵子）、葛原妙子（川野里子）、斎藤史（佐伯裕子）ほか十五人の女性歌人（昭和二十七年「短歌研究」から、西村美佐子）について、それぞれの立場から問題が提議された。

その中の一つ、「私の歌、公の歌・柳原白蓮と戦争」（秋山佐和子）を興味深く聴いた。偶然にも筆者の関心と重なっていたからである。文献資料などの蒐集が丹念にされていて、好感を持ったのであるが、白蓮の作品の中で何が私の歌で、何が公の歌か、についての意見がなかったこと。白蓮という歌人を短歌史的にどのように位置づけるのかなどに、言及がなかったように思う。もっとも短い時間の制約の中では、無理があったかもしれない。特に短歌史的な位置づけは大きな問題である。筆者にも同様の課題である。

・余滴

二〇〇九年（平二一）七月末、ふたたび四万温泉・積善館を訪れる機会に恵まれた。白蓮が群馬県吾妻郡の婦人会における講演の帰途、折々立ち寄った旅館である。教え子の関民子さんが先代女将であった。急な訪問にもかかわらず、幸いにもお会いして親しく話を伺うことができた。その折り、見せて下さった写真や白蓮直筆の扇子などを紹介しておきたい。また、問わず語りの聞き書きもいろいろと示唆を受けたのであった。あらためてお礼を申し上げる。

四万温泉ゆずり葉公園の歌碑建立の記念写真
（昭和34年11月７日）

・宮崎龍介と結婚して生活の困窮が続いた頃、生活費を稼ぐために夜店で自分の歌の短冊を売った。

・最初の結婚について
どんなに嫌いでも子どもはできるのよ。

・白蓮先生は温泉に来ても一般客の入る浴場にはけして入らなかった。浴衣は「ゆかたびら」のことで、着たまま湯にはいるものと言い、その頃は湯から上がった折のバスタオル代わりとして使っていた。

・渋川婦人会など吾妻郡に来られる折りには、日吉さださんがよく同行した。

二　作品掲載誌「心の花」から『踏絵』へ（一）

燁子の竹柏会入会は『柳原白蓮展』の年譜によると明治四十一年である。また、『娘が語る母燁子』では同三十八年としている。しかしいずれにしても、「心の花」に初めてその名が見えるのは、同四十四年六月号である。東洋英和女学校に入学した年が同四十一年であり、親友となった村岡花子を誘って歌会にも出ていたようだが、それまで同誌の選歌欄などにも、燁子らしき名は見当たらない。この間における燁子の作歌の営為は知りがたいのである。歌会の場や添削などの機会を得て、信綱の指導を受けてきたものであろうか。燁子の前半生を描いた林真理子著『白蓮れんれん』（中央公論社、一九九四・十）には次のような箇所が見える。

「歌は女学校時代から義姉に勧められてやっていましたけれど、こちらに来てからは本当に心の支えですわ」（中略）「まあ、ありましたわ。今月もとっていただいた」

（第四話　籠の鳥）

「こころの華」創刊号

この章の冒頭に、明治四十五年九月に行われた明治天皇の大葬を語る部分が見えるから、伝右衛門と再婚して二年目の頃であることがわかる。今まで過ごしてきた燁子の人生とはまるで異なる生活環境や、複雑な家族構成、懸命の努力にもかかわらず夫をはじめとして、周囲の人々との信頼関係の築きがたさの中での日々であった。その一方で、九州帝国大学医学部教授・久保猪之吉夫妻を中心とする文化人や、地元の名士らと親交を持ちはじめる時期でもあった。久保猪之吉は、早くから落合直文の創始した「あさ香社」門下として活躍し、直文亡き後は服部躬治、尾上柴舟らと「いかづち会」に参画した歌人としてよく知られる人物である。古くから「心の花」の寄稿者であったらしく、『白蓮れんれん』では燁子が恋心を抱く一人としても描かれている。

この頃のことを燁子は自伝的小説『荊棘《いばら》の実』（新潮社、一九二八年〈昭三〉九月）で、次のように語っている。

斯うして澄子の心は日増しに憂鬱になつて来た。澄子には唯読書をすることと、歌を作る事より外には何の楽しみもなくなつてきた。（略）澄子は古の人がしたやうに或る時は法華経を読んだ。（略）夜、山本の居ない留守にはよく写経をした。澄子の書斎は香の烟りに燻ゆれて、澄子の居ない時でも、薫香のかほりがたゞよふ程だった。

（『荊棘の実』二十一「嘘つき」）

日々につのる居場所のない思い、苛まれる疎外感などから何とか脱しようとする澄子（燁子）の心情が、痛切にひびく箇所である。それは読書と歌と法華経とによって辛うじて保たれていたのであった。炭鉱で栄えるこの飯塚にあって、燁子にとっての歌は読書や法華経と同じく心の支えであったということである。それだけに「心の花」が届くのが待ち遠しく、自分の歌が掲載されていれば、そのよろこびは何ものにも代えがたかったに違いない。最初の掲載ならばまして。

その初出の歌はどのようなものだったのか。

まぼろしの花　　白蓮

1　有り難き御経ぞとて示さるゝ白衣の人にすくせ問はばや
2　奈良の鹿は優しき目してものふりし灯籠のかげに我を見かへる
3　この世をば限りと思ひ涙してありし昔の愚なるわれ
4　何物も持たぬものをば女とや此の身ひとつも我ものならぬ
5　我歌のよきもあしきものたまはぬ歌知らぬ君に何を語らむ
6　天上の花の姿と思ひしはかり寐の宿のまぼろしの花
7　思ひ出に泣かじとこそはちかひつれ雄々しきものとなどのたまはぬ
8　数千年の歴史の末に君といひ我といふもの生れ来しかな

9 思ひとは女と訓むか人の世の凡てのものを情とは訳く
10 ゆくにあらず帰るにあらず居るにあらで生けるか我身死せるか此身
11 神や知るむすぼれとけぬ我魂はそも何所より何所へはゆく
12 誰か知る鳴けよ唄へとあやさるゝ緋房の籠の美しき鳥
13 先の世の恋てふものにうらぶれて現し世の幸呪ひけるかも
14 心憂きこと云はれても情けぞと笑みてあるべき女の宿世
15 罵りのしもともてうつ世の人よ知るや我名はをみなとしいふ
16 我は知るつよき百千の恋故にもゝぢ《ママ》のあたはうれしきものと

（復刻版「心の花」第15巻第6号）

このように見開き十、十一ページの計十六首という、歌数の多い掲載である。初掲載としては破格の扱いであろう。因みに、三、四ページにかけて佐佐木信綱（十六首）、七ページには片山廣子（十二首）などが名を列ねる。つまり、ここは同人の欄であった。同人としてベテラン歌人と肩を並べての初登場であったということになる。

なお、白蓮という筆名が用いられたのも、この時が最初であった。この筆名は何に由来するのだろうか。前出『荊棘の実』には、伝右衛門との結納がとり行われる頃のこととして、次のような白衣の行者の話が語られる。一児を婚家に残して京都から柳原家に出戻り、東洋英和女学校に学んでいる時期でもあった。

澄子はこの人に依って法華経を通してまだ見ぬ祖先に会うことを知つた。人の霊魂の如何なるものといふこともおぼろげながらも知ることが出来た。澄子は半年前から度々邸内に来るこの法華経の行者に依って、仏前に香を燻き法華経を誦することを覚えた。（『荊棘の実』十七「陥穽」）

これは出入りする小間物屋の主人が連れてきた法華経の行者で、さまざまな修行を積んでおり、家の禍を除いたり病気を癒やしたりする不思議な力を持った人だという。燁子はふとしたきっかけから、この世では会うことのない祖先や、人の霊魂について思いを届かせるようになり、読経する習慣を身につけていたというのであった。先掲1の、

有難き御経ぞとて示さる丶白衣の人にすくせ問はばや

これはまさに、この頃の体験に基づいた歌であろう。一連の最初に据えたのは象徴的である。それは下句に見るような、白衣の行者に自分の前世（宿世）をぜひ問うてみたいという思い。一体、

前世からのどのような因縁で、こうした不本意なめぐり合わせの下に身を置いているのかと、誰かに問いたださずにはいられない思いである。これは二首目以下に展開される歌の気分に底流する一首でもある。

天上の花の姿と思ひしはかり寐の宿のまぼろしの花

同じく6の歌。一連の題名はここに因む。「天上の花の姿」とは極楽浄土に咲く蓮の花、尊く清浄なもの、憧れてやまないものの象徴だろう。そのように思っていたのは、実は旅寝のうたた寝に見たまぼろしに過ぎなかった、という。「天上の花」「かり寐の宿」「まぼろしの花」など、はかなく現実感の乏しいことばが多く用いられており、具体的にイメージの結びにくい一首である。しかしまた、深い諦めやこの世への頼めなさなども感じとれるのであり、燁子自身の人生観に照らした仏教的な考え方への心の傾斜を汲みとることが出来るのである。

法華経は日蓮が仏法の神髄を見出した経典である。二十五歳前後の若い女性からすれば、信仰への傾倒は早すぎる印象を受ける。しかし、その出生や生い立ち、自分の意志ではない結婚とそのはての離婚、さらに今また無理強いに近い再婚話など、燁子が舐めてきた人生体験を思えば、心の拠り処として何かを求めずにはいられない心境であったにちがいない。法華経はたまたま身近に見出した、しかし、かけがえのない一つなのであった。

『白蓮れんれん』にも、「日蓮からとったもので、辛気臭いという人もいるけれど、あの頃私は写経をよくやっていたものですから」と、写経の習慣が筆名の由来とともに語られている。「白蓮」という法名になぞらえたような筆名の由来には、そうした心の拠り処としての印象が強く働いている。加えてここには、泥中に咲く蓮の花さながら、これだけは何者にも犯されまいとする必死の思いと、その裏返しでもある高い矜持とがないまぜになっているように私には思われる。信奉する日蓮の「日」の字に一画加えて「白蓮」としただけの、単純な理由ではなかろう。

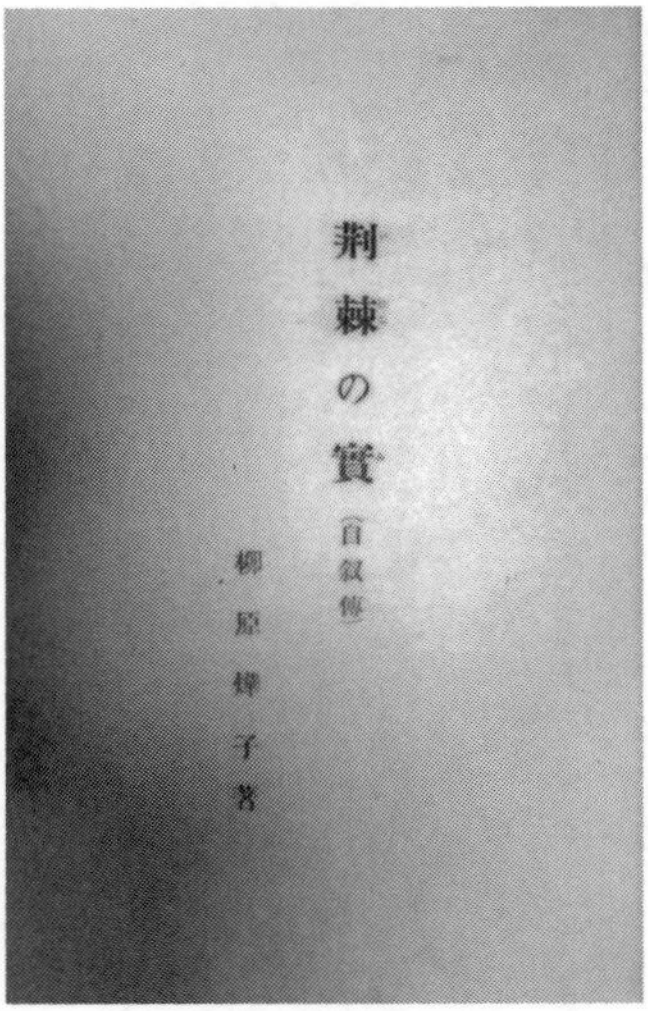

自伝的小説『荊棘の実』の扉

写真で見るあの清楚で美しい容姿からすれば、この名はいかにもふさわしい。また、ナルシシズム的な匂いもただよう。確かに多少はその要素もあるだろう。しかし、あくまでもそれは読者側の受けとり方にすぎない。歌が次々と生まれていくこの時期の背景には、のっぴきならぬ事情があったことを忘れるべきではないと思う。

三　作品掲載誌「心の花」から『踏絵』へ（二）

先掲十六首の「まぼろしの花」という題名は、その中の一首に因むものであったが、以後そのまま継続して用いられ（「幻の華」とも、ただし第二一巻七号のみ「筑紫より」）、『踏絵』の上梓の後一九一八年（大七）の第二二巻第一号まで変わることがない。そしてこれは第二歌集名『幻の華』（一九一九年〈大八〉）としてあらためて結実をみることになる。当初から燁子にその計画があったのかどうかは不明だが、毎号どのような内容の歌にも常に同じ題名をもって通したということは尋常ではない。

燁子の人生観や恋愛観を考える上でこれは象徴的な題名であり、見過ごせない問題であろう。仮に〈天上の花〉を燁子の思い描く理想や、目指すべきものであるとするならば、それは夢まぼろしのようにはかなく手応えのないものと、思い定めたところに因るのではないか。すでに触れたように、仏教的人生観の影響は否定出来ないが、そこには何よりも、自分の意志ではどうにもならない、束縛の多い現実があってのことと、考えねばならない。

伝右衛門が設立に出資したという、嘉穂郡立技芸女学校での教育の仕事や、東洋英和女学校で身につけた慈善事業などに従事できるという、燁子が辛うじて心動かされた再婚話の折の口約束はとうに立ち消えになっていた。また、伊藤家では、使用人をはじめ家の中のことは勿論、伝右衛門の身の回りの一切も、女中頭であるおさきが取り仕切っており、妻であり主婦である燁子には何ひとつその権限が与えられていなかったという。『荊棘の実』に次のような場面がある。

「何か、おせき、お前はさつき奥さんのところへ行つて虫干はあした片附けることにしませうつて云つたんか？」（筆者注：主人山本がおせきに問いただすところ）

澄子は涙に光る眼で、じつとおせきの顔を見据ゑた。

「いゝえ、私、奥様に虫干のことなんか何も伺ひませんでした」

はつとした澄子は、今自分の座つてゐる処が、畳もろ共一丈も下の方へ落ち込んだかと思つた。斯う云ふおせきは、眉根一つ動かさなかつた。そこに何の証拠がある。云つたことを云はぬといひ、聞いたことを聞かぬと云へばそれまでの話である。口惜しさに打ち狂ふ程の澄子はもう涙もでなかつた。そのしぶとく落ち付いた横顔！　なぐりつけてもやりたいほどの腹立しさが、澄子の頭の中を嵐のやうに吹きまくつた。

（『荊棘の実』二十一「嘘つき」）

このように虫干しのこと一つをとってみても、おさき（おせき）のしたたかな底意地の悪さの前に、華族育ちで世間知らずの燁子（澄子）が太刀打ちできるはずはなく、その立場はことごとくないがしろにされていく日々であった。何よりも、伝右衛門はおさきに全幅の信頼をおいており、妻の燁子を理解しようとはしなかったのである。燁子にしてみれば、技芸学校で教育に携わることや、慈善事業の仕事をあきらめるとしても、せめて主婦らしく妻らしく一家を取り仕切り、かいがいしく夫の世話なども焼きたかったのである。おさきを恐れるあまり燁子に味方する女中さえごくわずかであったから、伊藤家の中で文字通り孤立無援の状態であった。「心の花」初出の十六首はこのような環境の中から生まれている。その中の六首。

4　何物も持たぬものをば女とや此の身ひとつも我ものならぬ
9　思ひとは女と訓むか人の世の凡てのものを情とは訳く
10　ゆくにあらず帰るにあらず居るにあらで生けるか我身死せるか此身
12　誰か知る鳴けよ唄へとあやさるゝ緋房の籠の美しき鳥
14　心憂きこと云はれても情けぞと笑みてあるべき女の宿世
15　罵りのしもともてうつ世の人よ知るや我名はをみなとしいふ

この内4、9、14、15では、女とは所詮こういうものだという、あきらめや宿命的な思いが内容として詠われている。女は何一つ所有しないもの、自分の身でありながら自分の意志ではどうすることもできない存在であり、「思ひ」は即ち「女」のことであると。また、辛くなさけない言葉にもほほ笑んで対応するのが女というもの、世間の人が罵倒の鞭で打ち叩くのは、他ならぬ私の名が「女」であるからだという。

これまでの燁子が辿ってきた人生を思えば、女に生まれたことへの不条理というべきめぐり合わせは、宿命としかいいようのないものであり、またそれに対する燁子の遣り場のない思いも充分理解できる。しかしながら、その思いが表現の上に普遍性を得ているかという点になると、観念が先立っているため、危うさは免れない。「女」であることへの思いが、当時の一般的な社会通念としての女性差別や女であることの不自由さ、その不満などではなくて、自分自身に引きつけて詠われていたならば、印象はもっと違ってきたかもしれない。これ以降にも、

何物をも持たぬ此身の重荷たゞわれは我身をいかにかすべき　（同誌・第十五巻七号）

女とは世とは道とはうき辛き生ける限りの謎にあらじか　（同・第十七巻一号）

をみなとはいとしがられて憎まれて妬まれてこそかひもあるべし　（同・第十八巻十一号）

などが見える。一首目は４の初句、二句に類似し、「女」は「われ」に置き換えられているが、類型歌である。二首目の「女とは」は二、三句目とともに問いかけの列挙の一つとして用いられており、この畳みかけるリズムにおもしろさが認められる。しかし、三首目の「をみなとは」と同じく「女」はすなわち「我」と同意である。自分自身のこととして詠わず、一般的な理解にぼかしてしまっている点にどうしても弱さが残ってしまう。

それに比べると10では、やはり観念的ではありながら、それを押し通す強さが見られる。それは上句の「〜あらず」と、下句の「生けるか（我身）死せるか（此身）」の繰り返しや対句的表現によるものであろう。ままならぬ進退、不安定な居場所に、自分はこれで生きているといえるのかと自問せずにはいられない、切迫した思いが伝わる。

また12は、緋房で飾られた贅沢な籠の鳥に託して、燁子自身の境遇を詠ったもの。ここでは「鳴けよ唱へとあやさるゝ」に、周囲からなだめすかされながら、本意ではないふるまいをせざるを得ない自分に対しての、強い自嘲の思いを読み取ることができる。「自己劇化の程度が幼稚というのは、今日から見ていえる事であろう」と森山晴美が述べているのに耳を傾けたい（『短歌』、角川書店、一九八六年十一月）。なるほど、贅沢で優雅な生活とは裏腹の、内面の苦しみを窺わせはするが、比喩の仕方が安易であるのは否定できない。しかし、少なくともここには近代の自我に目覚めた女の声を、確かに聞くことができるのではないだろうか。

なお、同じような内容は「眠りさめて今日もはかなく生きむ為め《ママ》偽りをいひ偽りをきく」（同・第十六巻六号）や、「我は強し怒りを胸にたゝみつゝ思ひなほして空笑みもする」（同・第十七巻三号）などにも見える。特に後者ではストレートに開き直った強さをもつ。燁子の歌に底流する抒情質の一端をこうしたところに見出せるだろう。

5　我歌のよきもあしきものたまはぬ歌知らぬ君に何を語らむ
8　数千年の歴史の末に君といひ我といふもの生れ来しかな
7　思ひ出に泣かじとこそはちかひつれ雄々しきものとなどのたまはぬ
13　先の世の恋てふものにうらぶれて現し世の幸呪ひけるかも
16　我は知るつよき百千の恋故にもゝぢ《ママ》のあたはうれしきものと

同初出作の内、恋に関わる歌を掲げた。5、8にいう「君」は同一人物かどうかは不明である。また、7〈思ひ出に泣かじとこそはちかひつれ雄々しきものとなどのたまはぬ〉という一首も、やはりある相手を想定してのものと思われる。13の「先の世の恋」とはどのような恋なのか。読み手には漠然としてイメージを結ばない。また、16の「つよき百千の恋」にしても同様であるが、少なくもそうした百千の恋には百千の敵があって、それが却ってうれしい、励みとも思うのだが（今の私にはそうした恋もない）……、という「つよい恋」へのあこがれに似た思いは理解できる。しかし、実体はない。

我をかも思ひ出でつや夢に来て夢に語りし幻のひと
云ふまじく思ふまじきを夢に得ぬ罪としあらばとはに眠らん
（同・第十五巻七号）

心にはたゝへてぞ居し其人を口にはいたくそしりてぞ居し
せけばこそあふるゝものを何故にみなぎるまでも人に秘めけん
斯かる身の今更何を慕ふべき唯此秋の悲しくてのみ
（同・第十五巻十号）

恋といふ字黒々塗りて世をすねてあるにさも似て黒き蝶かな
忘れむと君いひまさばつらからむ忘れじといはば猶かなしけむ
（同・第十六巻六号）

右は初出号以降の同年（明四四）から翌年（大元）にかけて見られる作。ここには芽生えた恋心を抑えよう、堰き止めようとして懊悩するさまが詠われている。つまり漠然とした恋の思いから、次第にある対象をもった恋の歌へと変化していくのが読み取れるのである。燁子にとって恋の歌とは何であろうか。

四　作品掲載誌「心の花」から『踏絵』へ（三）

先に述べたように、燁子の作品は「心の花」第十五巻第六号をもってその初見としたが、これは実は筆名「白蓮」を用いての初見であった。実際の初見は本名「柳原燁子」の署名で掲載された第十四巻第八号（明四三・八）にさかのぼる。明治四十三年と言えば、燁子が伊藤伝右衛門と再婚する前年（25歳）にあたる。これに先立つ同三十八年には、北小路資武と破婚して実家にもどり、四十一年より東洋英和女学校で学び始める。信綱の「竹柏会」に正式に入門したのもこの年であった。
掲載作品は同人短歌欄「青風白雨」の中で、題名なし作者名のみであり、歌数も二首から六首程度の欄である。

夢かあらぬ現かあらぬ遠方の雲のあなたに我名呼びます
怖ろしき毒矢のがれてそゞろにも涙こぼるゝ此夕べかな
御姿もみ声も聞かぬ此住家千里のをちといづれか遠き
憎き人の悲しきうはさふと聞て我にもわかぬ涙流るゝ

悲しかれいよ、辛かれ天地の運命呪ひて命果つべく

（同・第十四巻第八号）

実家では義母初子の隠居所における軟禁状態の期間があったものの、東洋英和女学校での寄宿舎生活を送り、キリスト教精神に基づく教育を受ける。奉仕活動の体験をし、後に翻訳家として活躍する村岡花子と親しく交わるなど、燁子にとっては幸せな充実した学生生活がおとずれている。しかしそれも束の間、再婚話が進みつつあった、というのがこの作品の時期であった。

右の五首から受ける印象は全体に悲観的で暗く、また多く過去への思いに目が向けられている。これまで経験してきた辛酸の日々が、何につけても頭をもたげて来るのだろう。現在や未来に思いを馳せる心のゆとりなど、まだ生まれてこないのかも知れない。一首目の「雲のあなたに我名呼びます」からは、読み手には誰かは知りがたいが、夢か現実かわからぬ自分を呼ぶその声を聴こうとし、それに縋りたい思いが伝わってくる。三首目もまた心に思う人と遠く離れた歎きを詠う。さらに、一、五首目に見る「夢かあらぬ現かあらぬ」、「悲しかれいよ、辛かれ」の対句的表現、「天地の運命呪ひて命果つべく」などの強く訴えかける表白の方法に、すでに以後の燁子的詠風が準備されていた。和歌革新運動の一翼を担うとは言え、美しく穏やかだが、伝統的教養的な傾向を色濃くたもつ「心の花」の中にあって、少なくともこの欄のどの作者より個性がくきやかに際立っている

ことが見てとれる。同年の二ヶ月後、第十号のやはり同人短歌欄「八千草」にも本名で四首掲載されている。

いまこそはあれ我が死なむ日は秋の野の花の如くにならなんねがひ
昔見しやうなる雲はうつゝなの思ひをのせて何所にかゆく
ふと思ふ真白き馬に鞭うちて弱きよの人ひれふさしめば
生くべくか死すべくかはた生れこし二十の我身何をかすべき
（同・第十四巻第十号）

この四首も先の五首につづく内容とみてよいだろう。一首目は『踏絵』では「今こそはあれ吾死なむ日は～あらなむ願」と改作されている。私が死ぬ日は秋の野の花のようであってほしいという、誰かにさびしくつぶやくような内容である。二首目は、ひと時も安住する場のない思いを流れる雲に託したもの。「昔見しやうなる雲」は甘やかでなつかしい印象を受けるが、今また遠く見知らぬ土地への再婚話が急速に進んでいる状況を思えば、若い女性にありがちな感傷だけとは言い難いものがある。三首目は、白馬に乗って颯爽と駆ける私、その私に立場の弱い世間の人々をひれ伏させることができたらどんなにすっきりするだろうと、ふと空想したという意味。何ごともままならぬ弱い立場に置かれている身であるからこそ、あり得ない思いがよぎるのであろうか。

四首目では、生きるべきか死ぬべきか、それとも二十歳のこの身で何をなすべきかと、途方に暮れる姿が像を結ぶ。畳みかけるような問いかけが求心的な内容と相俟って緊張したしらべを生み出している。二十歳とは燁子が資武と離婚した年であった。「生くべくか死すべくか」は、現在のわれわれにはやや大げさにひびく表現、あるいは単なる強調であるとも受けとれるが、燁子にとってはそれ以前の、抜き差しならない境遇の中からの表白であったことを思いみるべきであろう。この作は『踏絵』には見られない。また、この部分は「生けるか我身死せるか此身」にも引き継がれるフレーズである。なお、「白蓮の出発期」と題する論考で、武川忠一はこの一連を採りあげており、右の歌については次のように指摘した部分がある。

> 実は、単なる騎手への願望ではない。むしろ世の颯爽と駆け抜ける征服者の空しさであり、彼らへの憎しみにさえ通う。ここが、実は白蓮の作の大切な部分だ。颯爽の自己願望の奔放さはある。しかしそれは、すでに発想そのものの中に、世に君臨する存在に対する「弱き」人を見ていることだ。このことは、白蓮の作が、奔放に見えて、実は、一点冷静な自己定位をともなう特色でもある。
>
> (『短歌』、角川書店、平四・三)

白蓮には地位や名誉、権力、財力など、世に君臨する者らに対する弱い人々へのまなざしがあり、これが「冷静な自己定位」をともなう特色だというのである。この歌人のもつ歌の核心に触れている点に注目したい。さらに、またこうも言う。彼女の遍歴の事実と重なりながら、その事柄の事実を超えて心情や情感、情念の飛翔にこそ歌の核心を得ていることをすでに知り得ると。

遍歴の事実と重なりながらそれを超えた心情、情感、情念の飛翔——言葉の選択や表現そのもの、あるいは歌の方法などについての問題は別として、白蓮の歌を読み解いていく上で、これは一つの鍵となる見方であろう。いずれにしてもこの一連は前の同年八月の一連とともに、すでに習作期を終えた一人の実作者の作風が、確かに形成されつつあることを物語っている。またそれは再婚を直前にして、経てきた人生に対して抱く、渦巻くようなさまざまな思いの総括的な役目を果たすものと見なしてよいだろう。

なお、この本名での掲載作品も、第十五巻第六号（明治四十四年六月）からの筆名「白蓮」による以後の掲載作品と同様、『踏絵』には制作時期と関わりなく、また各一連がそのまままとまった形ではなく分散して編集、収録されている。たとえば前掲の五首は64頁から66頁、四首（歌集では三首）は22、23頁というように。これがどのような意図によるのかは別の章で触れる。

話の順序が多少前後したが、再び先述の続きに戻ることにしたい。「白蓮」の筆名を用いての初見である、第十五巻第六号「まぼろしの花」十六首は再婚後の最初の作品であった。そして、この一連には『踏絵』に見られる歌の内容と特色が、すでに出揃っていると言っても過言ではない。つまり、仏教的宿命観、無常観、女および我に対する問いかけ、恋への憧れなどである。恋の歌は以後たびたび掲載されるが、やがて『踏絵』全体にわたってちりばめられることになる。

第二章　『踏絵』の世界

――「われ」への意識

第一歌集『踏絵』の口絵

一　佐佐木信綱の紹介文および「心の花」批評特集

『踏絵』の刊行は一九一五年（大四）三月である。「心の花」第十九巻第五号（一九一五〈大四〉・五）では同歌集の批評特集を組んでおり、同巻第四号に「若い男よ」と題する詩がみえるものの、それ以前の掲載の最終作品は第十八巻第十一号（大三・十一）である。再開するのは第十九巻第七号からである。従って、歌集所収作品の範囲は前年の大正三年十一月までということになるだろう。

歌集はB六判、心の華叢書の一つ。装幀は当時の人気画家・竹久夢二による濃緑色の瀟洒な表紙と見返しに銀、磔刑のキリストに夢二独特の女性が泣きぬれている風情の口絵である。著者名は筆名「白蓮」とのみある。作品は一頁に二首組みで三百十九首、百六十頁。小題は一切ない。作品の前に五頁にわたって信綱による有名な長い紹介文を載せる。

　白蓮は藤原氏の女なり。「王政ふたたびかへりて十八の」秋、ひむがしの都に生れ、今は遠く筑紫の果にあり。「緋房の籠の美しき鳥」に似たる宿世にとらはれつつ、「朝化粧五月となれば」、京紅の青き光をなつかしむ身の、思ひ余りては、「あやまちになりにし躯」の呼吸する日日のろはしく、わが魂をかへさむかたやいづこと、「星のまたたき寂しき夜」に神をも志のびつ。或は観世音寺の暗きみあかしのもとに「普門品よむ声」にぬかづき、或は、「四国めぐりの船」のもてくる言伝に悲しぶ。半生漸く過ぎてかへりみる一生の「白き道」に咲き出でし心の花、花としいはば、なほあだにぞすぎむ。げにやこの踏絵一巻は、作者が「魂の緒の精をうけ」てなれりしものなり。而して、「試めさるる日の来しごとく」に火の前にたてりとは、この一巻をいだける作者のこころなり。

古来女歌人おほし。志かもこれを作者にたぐへつべきを求めむか、建礼門院右京太夫をはじめ、王朝才女の作は感傷のひびき或は似たれども、作者に見るが如き情の強さと力となし。この点に於いてはむしろ狭野茅上娘子をもて代表しつべき万葉集の女歌人に似たらむ。さはれ、その夢と悩みと沈思とのこもりてなりしこの三百余首を貫ける深刻にかつ沈痛なる歌風の個性にいたりてはまさしく作者の独創といふべく、この点に於いて作者はまたく明治大正の女歌人にして、またあくまでも白蓮その人なり。ここに於いてか、紫のゆかりふかき身をもて西の国にあなる藤原氏の一女を、わが踏絵の作者白蓮として見ることは、吾等の喜びとするところなり。冀くはこの一巻永く天地の間に留まり、作者がわれと吾に与へむ「物語ぶみ」となりて、とこしへに生きむことを。

（ながらみ書房復刻版『踏絵』原文は旧漢字使用）

由緒ある家柄の出身からはじまり、歌集の中の数首から引用した文句をちりばめた美文調の文体である。白蓮の置かれた境遇に寄り添い、歌に見る情の強さと力とを万葉歌人狭野茅上娘子にたぐえつつ、「その夢と悩みと沈思とのこもりてなりしこの三百余首を貫ける、深刻にかつ沈痛なる歌風の個性にいたりては、まさしく作者の独創といふべく」云々と口をきわめて讃えている。ただ、信綱がこれを「作者がわれと吾に与へむ『物語ぶみ』」ととらえている点が興味深い。自分自身に向けての物語文――あくまでも物語のような夢と現実の間から生まれた世界という意味であろうか。それは歌が広く外の世界に開かれていないことでもあるだろう。この歌集の本質をよく突いた言葉であると思う。

いずれにしても、信綱のこの歌集への力の入れようは第十九巻第五号の批評特集に顕著である。それは巻末一頁を使った広告とともに、新聞三紙による紹介と宣伝と批評とをかねた文にもあきらかである。例えば、「其徹頭徹尾沈痛を極め憂愁を漲らすこと評者の曽て見ざる所なり……げに踏絵の一巻は白蓮なる婦人が呪ひの声歎きの叫びと謂ふべきもの乎……」（横浜貿易新報）、「感傷の声悲痛にして情怨胸に溢れたる冷怨玉の如き詩想の中に深刻なる力を蔵してゐる……」（大阪朝日新聞）、「見返しに銀泥を用ゐ、天銀にしたる所、気高き尼君の姿にも似たるかな、作者の才走つて深みのある歌は左に抜きたるものを一瞥しても夫れぞと偲ばるる」（大阪時事新報）などといった具合である。

こうした広告文を見ても『踏絵』に対する力の入れようが、いかに大きかったかがよく知られる。大正四年といえば「明星」は終刊しているものの、与謝野晶子は既に歌人として確かな地歩を築いている時期であった。「心の花」では片山廣子や中原潔子などが女性歌人の代表的存在であるが、晶子に対抗できるような独特の調べ、近代感覚をひらく感性と表現の新しさにはどうしても及びがたいものがある。『踏絵』の売り込みにはその対抗馬としての意味と期待があったのかもしれない。また、その由緒ある血筋と稀なる美貌、尋常ならざる境遇への同情とないまぜになった強い興味などもさることながら、新聞広告の掲載に至っては、その財力も少なからず与っていると考えられよう。この歌集出版のために夫伝右衛門は六百円という大金を負担したという。

その力の入れようは、全百二十五頁の内、批評特集が第六十頁から第百二頁に至る四十頁余をこれに充て、主だった会員や外部を含めた十六人が執筆しているのを見ても、十分肯けるところである。批評文の中には単なる感想や、上流階級にありがちな挨拶程度のものも交じるが、ほとんどは歌集に対して真摯に向きあった批評内容である。その中で次のような言葉に注目した。

> 欲を言へば、作者は余りに己が抱くものに執着し過ぎる恨があります。同じものを眺める事に没頭してゐて、広い野に出やうとする努力がないやうです。純粋の叙景の歌のないのも、悲哀が絶えず作者の袖を曳いて恍惚に入るのを妨げるからでせう。
> （出野青煙）

> 先ず私は何故に自分が踏絵の歌に誘はれたかを考へて見ました。そしてそれが歌の想といふよりも（略）その沈痛な情調にあると思ひました。
> （若月紫蘭）

わが歌に吾と涙をそゝぐ時またあらたなる悲しみぞ湧く

作者は、われとわがつくり出す生活気分にとけ入つて、ひたすらにわが身を、世にもあはれなるものと思ひなして涙をそそぐ。涙はこの作者にとつてたふとき慰めでなければならぬ。

（原田謙次）

歌集踏絵には我といふ字が非常に多く使つてある。（略）勿論我といふ文字の念《ママ》（詠か：筆者）まれてゐない歌でも矢張多くは自個《ママ》に関した何かを詠じてゐる。この作者は自個《ママ》を離れて自分と違つた気分を持つ事が出来ないらしい。（略）無人鳥《ママ》（島か：筆者）のさびしい海岸に寄せては返す波濤の如く、メランコリーの同一調子で絶えず自個《ママ》心中の波動を伝へてゐる。（小花清泉）

然るに、この何者をも自身の哀的圏内に入れずんば止まぬ、熱烈を持つた作者が、多少歌を弄んでは居らないでせうか、（略）「寂しさのありのすさびに唯ひとり狂乱を舞ふ冷たき部屋に」の如き何で冷たきをことわる理由がありませうか、作者の真情の発揮ではなくて、歌を作らう三十一文字を並べ様と云ふ、たゞそれだけではありますまいか、（平田松堂）

私があなたの歌に好きなことは少しも捉はれてゐない点です。万葉にも捉はれてゐません。今の時代の新しいふりにも捉はれてゐません。あなたの歌はつくつた歌でなく、詠じた歌です。いひ度いだけのことを最もあなたの手近にある言葉を以て手あたり次第にいひあらはしたものです。其処にあなたの力強さがあるのです。（略）此後あなたが最初にあなたの歌をつくり出した其あなたの境遇、いひ換へれば、あなたの歌の背景に捉はれておしまいなさらないやうにと私は切にのぞみます。

（松村みね子）〈（　）は筆者〉

ここに見るように、内容はいずれも概ね肯定的であることを前提としながら、しかしかなりきびしく核心をついた見方がなされていることに、少なからず驚かされる。すなわち、己が抱くものに執着し過ぎ、広い野に出ようとする努力がない、という出野の評言。（作者は）われとわがつくり出す生活気分にとけ入つて、わが身を、世にもあはれなるものと思ひなして涙をそそぐ、という原田の評言。また、歌集中に「我」が頻用されているとして、（作者は）一時なりとも自個《ママ》（己：筆者）を離れて自分と違つた気分を持つ事が出来ないらしい、メランコリーの同一調子で絶えず自個《ママ》（己：筆者）心中の波動を伝へてゐる、という小花の評言。さらには、今後あなたの歌の背景（歌を作り出した境遇）に捉われてしまわないように、それに捉われた時あなたの歌は死ぬのだ、という松村の評言、などである。いずれも現代のわれわれの見るところとさしたる違いはない。それぞれの指摘に共通しているように、自分自身への強い執着に終始し、他の世界へ向けようとするまなざしに乏しい、という印象をまぬかれない。抑えがたい情念は情念としても、歌に表現された時どれだけそれが普遍性を持って読み手に訴えてくるかということでもあろう。松村（片山廣子）は『踏絵』に大方好意的な批評を寄せているが、右に掲げた忠告は読者にも重たくひびく。

二　多用される「われ」

右のような批評のあることを理解した上で、あらためて『踏絵』の世界を眺めてみたい。

先の評言（小花）にも指摘されている通り、この歌集には「われ」（我、吾）の使用が確かに多い。その数は全三百十九首中六十二首である。これに名詞などを接続させて用いる「わが」の用例六十四首を加えると、すでにその三分の一を超えるほどの数字となる。この点をどう考えればよいのだろう。単に自己執着の強さに起因すると片づけてよいのだろうか。

われはここに神はいづくにましますや星のまたたき寂しき夜なり
われといふ小さきものを天地の中に生みける不可思議おもふ
瞬間は稲妻のごと来り去るその束の間をわれ人にして生く

歌集は右のように始まる。巻頭歌は、（ここ）地上にある「われ」が星空を仰ぎながら、われを救済すべき神の所在、行方を問いかけている内容である。二首目では、広大無辺の天地の中に生を享けたことへの不思議さが歌われており、三首目（歌集では四首目）では、人間の生の短さとそれ故の愛しさを、天地自然に流れる悠久の時間の中でとらえようとしている。巻頭歌の「神」はどのような神を意味するのか不明である。二首目と三首目の間（歌集での三首目）の「踏絵もてためさるる日の来しごとも歌反故いだき立てる火の前」という、歌集名の由来となった一首を思えば、キリストの神とも受けとれようが、しかしここでは、外来の神々や日本古来の神々など、ある特定の神というよりも、個々の宗教を超えたもの、人智の及ばない、いわば天地自然につながるような大いなる力を持つ存在と考えたい。

つまり三首ともに、自分が生かされてあることの不思議さを思い、その理由を問いかけずにはいられない対象として「天地」があったのではないだろうか。その「天地」の中にきわめて小さなものとして自覚される「われ」である。

類想は次の作にもみとめられる。

月はめぐるこのわがふめる大地にわれてふものありとし知るや

大天地《おほあめつち》小春美くし《ママ》その中のちさき女はうれひに泣きぬ
わが足は大地につきてはなれ得ぬその身もてなほあこがるる空
かくばかり静かなる夜の天地に人の子などか涙多かる
雨降ればのそりのそりとひきがへる汝《なれ》もや思ふ天地の謎
めぐり来ねとくめぐり来ね天地の中の吾霊《たま》によろこびみつ《ママ》（みつる：筆者）日

天地はまた、日月がめぐり季節がめぐり、天候の変化をもたらすものであり、われが在る大地（おおつち）に対するものとして歌われる。その中に「われ」が在ることを不思議に思い、認めようとしている。三首目では、やみがたいあこがれ心が大地から離れることのできぬ身体の自覚をともなって、そぞろにあわれ深い抒情を感じさせる。その対比がやや図式的であるにしろ、たとえば鉄幹の「大空の塵とはいかが思ふべき熱き涙のながるるものを」（『相聞《あひぎこえ》』）に通底するもの、人間の生の根源にふれるものがそこに認められるからであろう。

　このように見てくると「われ」の多用される理由の一つは、自分自身に固執するところに起因するというよりも、天地の間に存在する「われ」とは何か。どうしてここにこのように存在するのか。と、自分の存在理由を問いかけずにはいられない切迫した思いであったと考えられるのである。神へ問いかける一首が巻頭に置かれる理由はまさにここにあったといってよい。

「われ」という自我意識

「われ」の多用について、あらためて考えてみようとしたのは「心の花」批評特集の評言に多く指摘されるような、自己への強い執着と他の世界に転ずるまなざしの乏しさという、従来通りの受けとり方だけでは片付けられないものがあると考えたからであった。しかし一方、多用される「われ」には次のような面も見られる。

わが胸の王国の主よ統べ給へ二心なきみ民なる吾
人の世の衆生歓喜の声よりも吾に足ること吾に尊し
君なくばわが世もあらじ人もあらじまして身を焼く思ひもあらじ
吾は強し怒りを胸にたたみつつ思ひなほして空ゑみもする
何物も持たぬ此身の重荷ただ吾はわが身をいかにかすべき
火に怖ぢよ水におぢよと世の中の怖ろしさのみ習ひつる吾

右の内前半四首では、自分という王国の主に統治されたいと願う「われ」であり、世の人々のどんな喜びよりも自分自身が満足することの方が何より尊い「われ」であり、さらには、世間も人々も我と我が身を焼く思いも、我があるからこその「われ」であり、あるいはまた、怒りの感情も押し殺して空笑みさえ出来る強い「われ」だと歌う。四首ともにふてぶてしいほどの強い自尊心と自信、または、自分で自分を励まそうとする言挙げのような歌だ。

と思うと後半二首では、自分で自分をどう処すればよいか、おろおろと途方に暮れる「われ」であり、また世の中の怖ろしさだけしか知らない「われ」であるともいう。前半とうって変わって、弱々しく世慣れない存在である「われ」を嘆き訴えたものである。妙に力んで見せたり弱音を吐いたりと、揺れ動く不安定な「われ」である。両者はしかし、表裏一体をなすものであり、それもこれも合わせ持った存在としての「われ」、とみてよいだろう。そして、これらの作に共通しているのは、思いが自分の内部だけに終始して、外に広がっていかない、つまり、読み手を納得させ、共有できるような具体的な部分が少ないという点である。その意味では、従来通り指摘されている自己執着の強い歌、といわれても致し方ないかもしれない。

自我意識としての「われ」

与謝野鉄幹創刊になる「明星」（一九〇〇年〈明三三〉四月）の「新詩社清規」（第6号所載十箇条からなる）では、ロマンチシズムを掲げ「自我の詩」の発揮や「自我独創の詩」などをうたい、個性の尊重を高らかに宣言したことはあまりにも有名である。百号で終刊（明四一・十一）となったが、鉄幹をはじめとする、この主張に共感し受け入れた明星派の人々の活動は、短歌革新運動における役割を充分に果たしたといえるだろう。中でも与謝野晶子、山川登美子、増田雅子に代表される女性歌人たち、特に晶子の『みだれ髪』をはじめとして、その後矢継ぎ早に出版される歌集が、当時の歌壇や歌人たちに大きな影響を及ぼしたことは周知の通りであった。

また、一九一一年（明四四）九月には、平塚らいてうの『青鞜』が創刊されている。これは「新しい女」をめざして女性の解放と自立を呼びかけたものであった。晶子もその巻頭に詩作品「そぞろごと」十二篇を寄せている。そのよく知られた一つ「山の動く日」では、これまでの女性を休火山にたとえて、長い眠りからの目覚めをうながし、今こそわれわれの活動する時が到来したと、女性たちを鼓舞したのだった。同じくもう一つ「一人称」では、「一人称にてのみ物書かばや、／われは寂しき片隅の女ぞ。／一人称にてのみ物書かばや、／われは、われは。」と四行からなる詩もみられる。「一人称にてのみ〜」のくり返しと、「我」の強調が、女性に向けられた時代と社会状況に対しての、強い意志表示として訴える力を持つ。

こうした新しい時代の息吹や女性の生き方に対して、多くの女性達と同様、燁子もむろん敏感であったに違いない。その置かれた境遇からすれば、誰よりも切実な思いで受け止めたことであろう。明治四十四年といえば、燁子が伊藤伝右衛門と再婚し、福岡の飯塚に住むことになった年であった。

ところで、晶子の歌にみる自我の目覚めについて、馬場あき子は、

歌にきけな誰れ野の花に紅き否《いな》むおもむきあるかな春罪《はるつみ》もつ子

（『みだれ髪』）

を挙げて次のように述べている。先ず上半句では、野に咲く紅い花を自然の命がほとばしる象徴ととらえ、下句ではそれを転化させて、「罪もつ子」の象徴であるとし、その上で、「罪」とされるものを讃えた歌だという。つまり、「おもむきあるかな」はそうした旧道徳に叛逆する「罪」や「悪」への親近の声であり、既成の秩序へのアンチテーゼの姿勢をあきらかにしたものであると。こうした旧道徳に叛逆する「罪」への接近に自我の目覚めをみとめているのである（『鑑賞　与謝野晶子の秀歌』短歌新聞社、一九八一・二）。「われ」を用いてはいないが、馬場はこのような表現のなかに、自我の一面を見ようとしている。

　歌は本来一人称で詠むものと了解され、その表白の主体を作者自身として読み慣わしている。その一方で、仮構の「私」をみようとする方法も現代ではおこなわれている。

　そうした意識のもとに、『みだれ髪』に使用される「われ」について、今野寿美は次のように述べている。まず、同歌集に「われ」が示されるのは七十七首、ほぼ二割にのぼるという。これは鉄幹の『紫』（明三四・四）で使用される「われ」が、初期作品『東西南北』（明二九・七）の三倍近くに増えていること、『みだれ髪』刊行の四ヶ月前であること、などと重ねあわせて考えると、晶子の表現意欲と、鉄幹の推進する短歌革新運動を担う意味で、強力に押し出された「われ」のかたちだった、というのである。

さらに、この『みだれ髪』における「われ」の主体は、現実の晶子自身としてではなく、個を超えた一人の女性としての立場、表現者の姿勢をもって作品化されたものであったのだととらえている。「われ」は歌のなかに造形された「われ」であり、自己陶酔や自己賛美、自愛の表現もここに起因するというものであった（『24のキーワードで読む与謝野晶子』二〇〇五・四、本阿弥書店）。

右のような「われ」についての今野の論考は、近代短歌を前進させた『みだれ髪』へのあらたな読みとして説得力をもち、また豊かさとおもしろさを加えたものとして意味深いものがあろう。そうした「われ」に照らして、燁子の場合はどうであろうか。必要以上と思われるほど多用される「われ」には、その気負いが充分に消化されなかったきらいがあるとしても、このような時代の風潮の中で、燁子の「われ」の問題をあらためて考えてみるべきかもしれない。とりわけ、「女」という一般的な言葉を用いた歌、また、実体のあるようでないような恋の歌については、体験や事実に基づく燁子自身の「われ」か、仮構された「われ」か、判断のつきかねるところが多いのである。たとえば、歌集中における「女（をみな）」の用例は十四首にのぼる。この内、次の五首では、一首中に「われ」と「女」とが共に歌われている。

罵りのしもともて打つ世の人よ知るや吾が名はをみなとしいふ

われ恋ふの御詞つらし女なれば憎き心も言ふすべ知らぬ
誰がために落す涙ぞ誰がためにほほゑむ吾ぞ女てふ名に
かゝるおもひかゝる涙も女ゆゑやごとなき身のわが宿世ゆゑ
何ものももたらぬものを女とや此身一つもわがものならぬ

「吾が名はをみな」、「女なれば」、「女てふ名」、「女ゆゑ」、「女とや」などとあるように、燁子にとっては「われ」はすなわち「女」、あるいは「女」である「われ」、であったと見てよいだろう。ここにくり返し歌われるのは、「女」は宿命であり、世間の罵りや辛い思いに堪えるもの、束縛多いもの、としての「女」である。同様のことが「女」のみの用例にもみられる。

大天地《おほあめつち》小春美くしその中のちさき女はうれひに泣きぬ
心憂きこと言はれても情ぞと笑みてあるべき女のすくせ
女とはいとしがられて憎まれて妬まれてこそかひもあるらし
その如くいとやす〳〵と与へたるものとや思ふ女のいのち
女とは世とは道とはうきつらき生ける限りの謎にあらじか
清ければ女二十の若ければうき事のみぞふりつもるかな

明治後期から大正初期にかけて、女性のおかれた社会的環境やその既成概念には、依然として旧道徳が根強く残っていたであろう。ここに歌う「女」も、女であることを宿世とし、憂いや嘆きに沈む、その範疇に止まっている女である。女の代弁者として歌うというのではなく、女であることをただかこっているのである。外へ向けて思いを発散したり、大胆に挑発したりなどは試みられない。この点が晶子の場合と大いに異なっている。わずかに「女とて一度得たる憤り媚に黄金に代へらるべきか」や、「志よざいなさありのすさびに君恋ふといはばやいかに魔なる女よ」にその片鱗がうかがわれるにすぎない。そして、それは恋の歌に発揮されることになる。

恋歌と「われ」

『踏絵』の作品に特徴的な「われ」の多用について、今少し考えておきたい。先に、新詩社の掲げる「自我の詩」への実践として、鉄幹や晶子が推し進めようとした「われ」、また『青鞜』の呼びかけた女性の自立や新しい生き方への目覚めなど、当時の文学的気運や時代情況とも深く関わった「われ」であったことなどを述べた。しかし指摘した通り、燁子の歌にあらわれた「われ」においては、そうした意識や方法がどこまで明確であったかといえば、それはかなりあいまいであるといわざるを得ないようである。少なくとも、必要以上に多用される燁子の「われ」には、自我のあらわれとしての意識が、充分に消化されなかった部分のあることを認めないわけにはいかない。「女」あるいは「女であるわれ」を詠み込んだ作が、女とはこうしたものだ、こうあるべきだという既成概念や、旧道徳による範疇に止まるものであったことは指摘した通りである。しかしその反面、次のような作品もみられる。

吾は知る百千の強き恋ゆゑに百千の敵は嬉しきものと
或時は王者の床も許さじとまきしかひなのこの冷めたさよ
美しう君に背くといふ事もいつか覚えし哀しき誇
この心君に殉する雄々しさを吾とたたへて今日も暮しつ
君なくばわが世もあらじ人もあらじまして身を焼く思ひもあらじ
いくたりの浮れ男の胆を取る魔女ともならむ美しさあれ
百人の男の心破りなばこの悲しみも忘れはてむか
わがために泣きます人の世にあらば死なむと思ふ今の今いま

また、これに既出の二首、

女とて一度得たる憤り媚に黄金に代へらるべきか
志よざいなさありのすさびに君恋ふといはばやいかに魔なる女よ

を加えた右の作品群をみると、先の「女」や「女であるわれ」に対するとらえ方とは、かなり違った傾向の内容であることに驚かされる。男へのふてぶてしいまでの居直り、残虐性、高すぎるプライド、自己賛美などといった、世の男、恋に対する挑戦的な態度が特徴的であるといえよう。恋歌そのものではなく、男と恋への言挙げと言ってもよい。具体性がなく、イメージが結びにくいのはそのためと思われる。そしてまた、これは「女であるわれ」への裏返し、あるいは表裏一体をなすものでもあったろう。「魔女ともならむ」、「魔なる女よ」と、自ら魔性の女を装おうとしたのはその最たるあらわれではなかったか。「王者の床も許さじ」というプライドと「まきしかひなのこの冷めたさよ」との落差の大きさ、また「百人の男の心……」に見るような、悲しみを忘れるための男への働きかけも同様であろう。そこに燁子の言い知れない悲哀感を受けとめたい。それもこれも燁子の内部にせめぎあう心情だったのである。

　飯塚における燁子の恋は、相手があるのかないのか、歌の上からはとらえがたい印象を受ける。九州帝国大学教授で歌人の久保猪之吉（「心の花」同人）、陸軍中尉藤井民助（第一次世界大戦終結後、シベリアに出兵）などはその相手としてよく知られているが、燁子の周囲には常に多くの異性が取り巻き、手紙のやり取りなども頻繁であったという（既出・永畑道子『恋の華・白蓮事件』）。恋をしかけて相手を引きつけ、翻弄し、その気分を楽しむという恋――、燁子の恋は不特定多数の男を対象とした、いわばかりそめの遊びごとであった。少なくとも宮崎龍介との恋が始まるまでは。いずれにせよ、大胆で思い切った発想、外に向かって挑発する態度がこうした背景から生まれたことは確かであり、この歌集を特徴づける一つとなってもいるのである。

ところで、このような発想は燁子独自のものであっただろうか。

やは肌のあつき血汐にふれも見でさびしからずや道を説く君
むねの清水あふれてつひに濁りけり君も罪の子我も罪の子
春みじかし何に不滅の命ぞとちからある乳を手にさぐらせぬ
人の子の恋をもとむる唇に毒ある蜜をわれぬらむ願ひ
罪おほき男こらせと肌きよく黒髪ながくつくられし我れ

『みだれ髪』の中でも特によく知られた歌である。大胆さ、挑発的態度という点ではどちらが勝るとも劣らない。晶子の場合、前半二首は対象が「君」、三首目はそれに準ずる歌であろう。また、四首目「人の子」は特定の対象を客観的に表現しようとした言葉と考えられる。それは、「その子二十櫛にながるる黒髪のおごりの春のうつくしきかな」「その子ここに夕片笑みの二十びと虹のはしらを説くに隠れぬ」と歌った「その子」が、作者自身でありながら個を超えた表現を用いようとしたのと似ている。また、「やは肌のあつき血汐」「ちからある乳」「恋をもとむる唇」など、官能的な言葉が具体性を持つ。

　これに対して燁子の歌では、「美しう君に背くといふ事も」、「この心君に殉する雄々しさ」のように「君」が対象とされながら、その対象が一つに結ばれがたい印象を受けてしまう。それは「百千の強き恋」「いくたりの浮れ男」「百人の男の心」などのような、一つの恋、一人の相手ではなく、世間一般の男に向けた歌が混在していることによるからだろう。情念の激しさを認めつつ、しかしこの点に弱さのあることもまた認めなければならない。つまり、晶子の恋は迷いなく歌の師であり、夫となる鉄幹が対象であったのに比べて、燁子の恋は相手となる対象が分散して見えがたい。こうした違いが認められるにせよ、燁子の歌には、因襲や既成概念からの解放という点で『みだれ髪』の刺激を受けていると見てよいだろう。最初の結婚生活が破婚となり、義母初子によってその隠居所に軟禁生活を送っていた頃、すでに活躍していた明星派歌人達の歌や、『女子文壇』、『婦人画報』などの雑誌を通して、当時の新しい文芸思潮に触れる機会を得ていたことはよく知られている。

歌の原動力と「われ」

もう一つ、「われ」の多用で注目したい作品がある。

筆をもて吾は歌はじわが魂と命をかけて歌生まむかも
誰にいひ誰に聞えむすべもなき涙の糧にわが歌は成る
一つ一つ吾が魂の緒の精をうけよ逝きての後のわが歌生きよ
わが歌に吾と涙をそそぐ時またあらたなる悲しみぞ湧く
底知れぬ心のなやみ呪ふべく歌を綴れり吾といふ歌
吾が思ひ炎のしづくここにこりて歌ともなれとせめて祈らむ
わが歌と涙とゆめに培ひしこの心根に花を咲かしめ
われをして斯く歌はしめ祈らしめ今日あらしむる奇しき導

右に掲げたのは「われの歌」について詠んだものである。単に「歌」のみならば他にも「うつらうつら今日も暮しつ悲しかる歌のみを得てこの年も行く」、「夜来ては悲しき歌を教ふなる魔の姿かも君が文見る」などが見える。しかし、これも内容からすれば「われの歌」と同じ意である。「わが歌」について詠んだ歌が歌集一冊の中に十数首という、これほどの執着ぶりも特徴的であろう。
では、燁子にとって「歌」はどのような存在だったのか。燁子はいう。歌は魂と命をかけて生むもの、涙を糧として成るものである。わが思いは炎となり、そのしずくが凝り固まって生まれるものであれ――、と。また、心の悩みを呪うために歌を詠む、その歌はすなわち「われ」そのものである。さらには自分自身の歌に涙を流す時、新しい悲しみが湧く――、と。

ここには歌と歌を詠むことへの、並々ならぬ決意と覚悟、そして情熱が見てとれる。しかしその半面、悲しみの涙から歌が生まれ、歌からあらたに涙が生まれるという、歌と涙が相互関係にあること、また、歌は心の悩みを呪うべく詠むということなど、燁子が歌に向かう情熱は「魂と命をかけて」、「思ひ炎のしづく」と歌うその気負い、意気込みに比べるといかにも暗く湿っぽい。悲しみの涙が歌の原動力なのであり、その日々は歌を作るためでさえあった。

伝右衛門との、互いに不幸で不自然な結婚生活がこの背景にあった次第は、あらためて述べるまでもないだろう。不如意な環境が燁子を歌に追いやったのか、その逆であるのか。

やはり、これも双方に緊密に作用しあう関係にあったと思われる。つまり、右の一連に見る「われ」は燁子自身である「われ」であり、等身大の「われ」として用いられていることが肯けるのである。燁子の場合、「われ」の主体が個を超えた立場、その意識をもって作品化された「われ」ではなく、あくまでも自己に執した「われ」である。しかし、述べてきたように等身大の「われ」として、必然的に用いられた例の少なくないことも考えてみるべきであろうと思う。少なくともこの点に、燁子自身による切実な「近代」への働きかけを認めたい。

「われ」の多用は、単に自我あるいは自意識過剰のあらわれとするばかりでは、『踏絵』の作品世界への読み方に広がりや豊かさを欠くことになりはしないだろうか。

三　現代歌人による『踏絵』の評価

第一歌集『踏絵』において、「われ」の多用、恋歌の特色、作者にとっての「歌」についてなど、その主だった特徴や問題を燁子の生い立ち、境遇、時代背景とともに考えてきた。それは、この歌人の後半生に到達する歌境を知るための手順として、やや遠回りのようであったかもしれない。しかし、このように『踏絵』を読み返してみると、必ずしも従来通りの印象だけでは片付けられない問題を含んでいたことに、あらためて気づかされるのである。

同歌集に対する批評は、出版当時「心の花」誌上の特集において、既に検討してきた通りである。そこで、現在に至ってどのような評価、位置づけがなされているのか、再確認しておきたい。

白蓮を取りあげた比較的早い時期のものとして、長谷川時雨の『近代美人伝』（「柳原燁子」昭一一・二、サイレン社）や、岩橋邦枝の「柳原白蓮」（『恋と芸術への情念』人物近代女性史④、昭五九・一、講談社）がある。しかし、長谷川が「『踏絵』の歌について示すやうな、情熱的ななかに、悲しい諦めさへみせてゐる」といい、岩橋が「女王の座をすてて恋に生きた悲愁の歌人」というごとく、二書ともにその悲劇的な境涯と美貌、恋に生きた歌人としてとらえており、作品はその展開の中で登場するにとどまっているに過ぎない。美人伝や人物女性史の立場で書かれたことを考えれば、作品そのものに踏み込んだ論述がないのは当然といえる。

やはり、作品そのものへの論述ではないが、岩橋と同時期、女性史ブームの中で刊行された永畑道子著『恋の華・白蓮事件』（既出）では、綿密な文献資料と聞き書きによって、その生涯を詳細に辿りながら『踏絵』の歌が多く引用されている。その引用は、何故このような歌が詠まれたのか、歌の生み出される必然性を読み解くことに視点があり、旧派和歌の伝統や佐佐木信綱の指導と主宰誌「心の花」の影響に触れ、さらには女歌の特質にまで及んでいるなど、歌の世界を掘り下げようとしている点で注目すべき一冊である。ただ、女性史の側に立った歌の読みであることも忘れてはならないだろう。

では、『踏絵』を中心とした作品については、どのような評価がなされているだろうか。まず、森山晴美は、木俣修の言葉「晶子なんかの持たなかった、現実的な責苦にたった、せっぱつまった情炎といったものを感じさせる」（『現代短歌の源流』昭三八、短歌研究社）を肯定しつつ、また、歌としての味わいのなさや、今日から見れば自己劇化の幼稚さなどを指摘しながら、

> 『踏絵』の主題が閉塞された女の自我の苦悶とすれば、そこにあるのは明らかに「近代」の心の動きである。

と述べる（「柳原白蓮―その評価・位置づけ」『短歌』昭六一・十一、角川書店）。そして、女の心理やそれを生み出す環境に対して、アララギ派は同情を持たなかったが、女の歌がこの無視をくぐり抜けてきたことを意味のあることとしている（同）。家や因襲との葛藤は、自我に目覚めた近代の女性歌人が直面した大きな問題であったが、白蓮の場合もむろん例外ではなく、その歌を「近代の心の動き」と森山はとらえたのである。

馬場あき子は、近代の女性歌人の生き方や作風に対し、与謝野晶子、原阿佐緒、柳原白蓮のような、ある未知の運命の予感に対して、行動的に自己を預けてしまうタイプと、山川登美子、三ヶ島葭子、九条武子のような、踏みとどまって耐えることの中に自己を顕在化してゆくタイプを提示しつつ、しかし、これは近代の女性の内奥に常に自問されつづけていた二面性であると述べている。そして、

これら歌人たちが女の悲劇性を一つの先進性として負っていたことも一つの特質といっていいだろう。

と、家や夫との関係性に起因する齟齬などの悲劇性を、一つの先進性を負うものとして、その特質

に言及したのであった（「女流歌人の特質」『短歌』昭六一・十一、角川書店）。
興味深く思われるもう一つは、白蓮を「王朝の伝統を踏んだ閨秀歌人」とした上で尾崎左永子が、

> 女流歌人の場合、とくに個人的事情が、あるいはその生涯の事件性が、作品の評価につながる面がないではない。

と述べる点である（「女流歌人展望―晶子以後―」『近代の短歌』和歌文学講座9、平六、勉誠社）。作品の評価にはその境遇や生涯の事件性、出来事なども無視できないことを示唆するのである。

こうしてみると、森山が白蓮の歌を「近代の心の動き」ととらえ、馬場が近代の女が負っていた悲劇性を一つの先進性とみたこと、そして尾崎の、作品の評価において個人的事情や生涯の事件性を否定しないことなどとは、たがいに呼応し共通するものがあるように思う。いずれにせよ、自我に目覚めた女性たちが向き合わざるを得なかったものとして、悲劇性は存在したのであったが、問題はその文学をどのように結実させたか、という点であろう。

『踏絵』における作品の評価について、今少し具体的にみておこう。先に触れたが、尾崎左永子が『踏絵』の歌を評して、「王朝の伝統を踏んだいわゆる女歌のたおやかさをもっている」といい、「本質的には王朝の伝統を身につけた女流であり、閨秀歌人というにふさわしい一人」であると述

べた（前出「女流歌人展望―晶子以後―」）。「王朝の伝統を身につけた閨秀歌人」とは、今日ではすでに定評となっている白蓮評である。これに関しては、次のような発言も参考にしておきたい。

安永　私は、感性というよりも、この人はことばを駆使することが非常に上手なの。

尾崎　技術のうまさみたいなもの。そうすると、ずばっと切るというよりも、和歌的世界を醸成していくのがうまいということかな。

安永　そう。そして、与謝野晶子の場合は、たとえば河野鉄南であるとか与謝野鉄幹であるとか、確実に男を相手として、その男をさそっていくという、直截的な行動性があるでしょう。そのために歌っているの、彼女は。だから、ひたすらですよ。白蓮は相手が誰かわからない。誰でもいい。

尾崎　お嬢ちゃんなんだ。

安永　だから与謝野晶子や原阿佐緒は近代の女流歌人だと思うけれど、九条武子やこの人たちは閨秀歌人ですよ。

尾崎　そう。閨秀歌人ということばにぴったり。

右は「流転の華・柳原白蓮の世界」と題する安永蕗子と尾崎左永子との対談の一部である（大特

集「華の生涯・柳原白蓮」『短歌』平四・三、角川書店）。内容はことばを駆使する巧さ、和歌的世界を醸成する力を評価しながら、安永は恋の歌における相手の不特定多数を指摘し、その点が、近代の歌人ではなく閨秀歌人であると明言する。尾崎もこれに即座に賛成している。恋の歌に関しては小稿でも見てきたように、そのほとんどが焦点を結ばない、とらえ処のなさが纏わりついていることはたしかであった。閨秀歌人として印象づけられる点もまた、否定できないだろう。少なくとも第一歌集である初期段階の作品に関する限りでは。ただ、王朝の伝統を継承することの功罪を問題にしてみる必要があるのではないだろうか。これについては、稿をあらためて考えたい。同じ座談会で次のようにも述べる。

尾崎　『踏絵』が出たのは大正四年、このとき伊藤伝右衛門と結婚して、すでに福岡に行っていたのだけれど、「筑紫の女王」と言われて、そこにある種の文学サロンみたいなものができていた。そのなかで歌を作っていたわけだから、自分に本当に向き合うというより、周囲に持ち上げられて、華やかで寂しいものをただ出しているというような。『踏絵』を読んでいると悲劇のヒロイン的な、つくられた世界のように思うんだけれど。

安永　私もそう思いますよ。だからつくられた恋。

これは白蓮の作歌態度に言及したやりとりである。「筑紫の女王」と呼ばれ、周囲に持ち上げられた環境の中での作歌に対して、「自分に本当に向き合う」ことが欠けていただろう、との指摘は鋭い。悲劇のヒロイン的存在という印象も否定できない。安永と尾崎とが認めていることばを駆使する巧みさ、和歌的世界を醸成する力量は、養父北小路随光によって手ほどきを受けたことに始まる。それは、随光が毎朝茶をたてる間に、一首ずつ歌を詠むことを課されたという経験が身につき、慣習として思いを即座に一首にまとめ上げる力を養ってきたものであった。これに破婚後、幽閉時代の読書、東洋英和女学校での勉学と教養、信綱の指導が加わる。

しかし、すっかり身に付いた華族の教養としての作歌指導が、ことばの推敲や一首の内容とじっくりと向き合うことに対しては、却ってマイナスに働く場合があったかもしれない。ことばの扱いが巧みであり、よどみがないのは誰もが認めるところであろう。それにしても、いかに華やかで贅を尽くした生活であろうとも、写経すること歌を作ることそのものが、日々の心の支えであったような境遇から発想し、構築された世界である点を考えると、歌における作られた世界とは何かを、あらためて考えなければならないと思う。

既に触れたが、『踏絵』では女とは何か、我とは何かをくり返し問い続けた。この姿勢自体、自己と向き合う作歌態度ではなかっただろうか。こうした女や自己への問いかけを重視したのは武川忠一であった（既出）。武川は大塚楠緒子・片山廣子ら、とくに片山にみる知的な自身への問いかけの作からの影響を指摘し、『踏絵』に数首歌われる「魔なる女」に触れつつ、

女性《にょしょう》の魔と対面する白蓮の歌なども、奔放に見えて、その実は内なるものを覗く、強烈な自己の対象化ともいえる。

といい、こうした歌を引き出す「心の花」の自由な土壌をも評価している。さらに、「とくに『女《にょ》性《しょう》』を問いつめた点で、まず一人の個性であった」として、自己への冷静でつき放した点を認めようとしたのであった（前出に同『短歌』平四・三）。

もう一人、『踏絵』を高く評価する歌人に塚本邦雄がいる。塚本はまず、詩歌集である『几帳のかけ（げ）』（大八）所載の、

言ふことはまこと心の声ならずいつはりならぬ空言《あだごと》をいふ
天地に媚びて咲くかと梅の花ふけ〳〵散らせ妬たしかはゆし
七年を住みなれ来れば煤煙にうすよごれたる白梅もよし

雲はゆく巨人のごとき手をひろげ物追ふごとく走りて消えぬ

こうした作品（掲出歌は九首）を掲げながら、同じ「心の花」の九条武子と共通する詠風が認められるとして、次のように述べる。

この人かと思ふくらゐ、明治大正臭を薙ぎ拂った表現がひそんでゐることも共通する。臈たけた雰囲気は表面だけで、その底には陰惨なまでの権謀術数と肉親嫌悪、権勢欲と空しい矜持の渦巻いてゐるあの特殊な世界に生きた女性は、お姫《ひい》様と呼ばれつつ、地獄を直視する眼を、いつの間にか備へてゐる。（「魔女ともならむ」『短歌』大特集「華の生涯・柳原白蓮」平四・三）

といい、右の作品の「心の声ならず」「煤煙にうすよごれたる白梅」的発想の処々にみられることを評価した。しかし、そうした地獄を直視する眼は、既に『踏絵』において完成していたと、十八首ほどの作品を示しながら、あらためてその価値を認めているのである。

その中で、

朝化粧五月となれば京紅の青き光もなつかしきかな

わがために泣きます人の世にあらば死なむと思ふ今の今いま
女房のふところなれば鬼も棲むなどいふ詞ふと覚えけり
ゆくにあらず帰るにあらず居るにあらで生けるかこの身死せるかこの身
いくたりの浮れ男の胆を取る魔女ともならむ美しさあれ
緋桃咲く夕べは恋し吾が夫も吾を妖婦と罵りし子も

特に、右の一連について次のようにいう。

これらには作者の志よりもむしろ愛憎がひしめいてゐる。口疾に畳みかける語勢、それは歌はずばやまぬ欲望に逐ひ立てられてゐる感あり、むしろ時にはいたましい。筑紫のあかがね御殿における屈辱も、新派悲劇めいた日常も、あるいは白蓮の、歌人としての餌食になってしまったのではないか。（同前）

ここにいう「歌はずばやまぬ欲望に逐ひ立てられ」たととらえたところに、『踏絵』一巻の原動力を見抜いており、また、筑紫における不如意な日常が、とりもなおさず歌人白蓮の「餌食」であったと言い切るなど、辛辣な口調と見えて白蓮側に寄り添った態度がいかにも塚本らしい。加えて、同歌集がこの後十年先の黙示となり、予言となっていると指摘しており、「灼熱の戀とは、所詮、言葉だけの世界で、歌に昇華される時は、『死なむと思ふ今の今』と叫ぶ、その一瞬に極まるのであらう。」と述べている。この点にも、白蓮の恋歌を読み解く大きな示唆を与えられるが、それは恋歌に対する塚本自身の見解でもあったことはいうまでもない。

白蓮の歌については、旧派の流れを継承する王朝風の歌風とするのが一般的な見方であり、それはどちらかといえば、近代を切り拓くものではなく伝統的、保守的なものと見なされてきた。特に恋歌の場合、小稿で指摘し、安永蕗子と尾崎左永子との対談でも既に見てきたように、言葉を駆使する巧みさ、和歌的世界を醸成する力を認めながら、相手が不特定多数であることを否定的にとらえてきた。この点が近代歌人でなく閨秀歌人であると。しかし、塚本はこの王朝風の恋歌であることについて、

おほよそ彼女の戀歌は「几帳のかけ」らしく王朝風に間接的で抽象的で、時にはステロタイプ化している。題詠か、赤裸な衝迫吐露かわからぬのもある。前者が後者を凌駕する例は、王朝にも無数にあり、それゆゑの、そのための韻文定型であることは論を待たぬ。

（同前）

と述べており、白蓮における王朝風恋歌の特徴を踏まえた一つの読みを提示している点に注目され

る。つまり、題詠的な歌の作り方を積極的に認めた上で、彼女の歌を読もうとしたのが塚本であった。恋の相手が実際に不特定多数であるとしても、白蓮が伝右衛門の妻であるが故のカモフラージュと見る以前に、既に身に付けた王朝風恋歌の方法が、ほとんど無意識に働いていた結果とも考えられよう。先に触れた安永蕗子、尾崎左永子のいう、「悲劇のヒロイン的な、つくられた世界、つくられた恋」もそのように読めば、『踏絵』の世界がもう少し開放され、「作られた」その世界を楽しむことが出来るのではないだろうか。

歌の背後に、実際の相手の存在を求めなければどうしても気の済まない読み方は、いつ頃から定着したのだろうか。現実を重視するアララギ派の影響も大いに与っているに違いない。そうした意味も含めて塚本の読みは、白蓮を読み解く上で大きな示唆を与えてくれるのである。

「作られた世界」はいわば虚々実々の世界である。もとより歌はそうした一面を持つ。白蓮にとって歌は、

筆をもて吾は歌はじわが魂と命をかけて歌生まむかも
一つ一つ吾が魂の緒の精をうけよ逝きての後のわが歌生きよ

と高らかに歌ったように、魂と命をかけたもの、歌があってこその人生であった。伝右衛門との再

婚と婚家の女達をめぐる複雑きわまりない実情、贅沢三昧とはいえ九州飯塚という炭鉱の田舎町での生活は、白蓮にとっては別世界そのもの、四面楚歌の環境にあったといってよいが、悲劇的な歌の世界を作るためには、まことに恰好の温床となったことはきわめて皮肉であった。その悲劇性について永畑道子は次のように述べる。

燁子は、短歌のなかで、気ままに恋し、姦淫する自由をもとめた。
伝右衛門との生活は、その不倫を、自由を想定する、またとないアンチ・テーゼとなった。はじめて燁子は、翔びはじめる。伝右衛門を踏み石として、悲劇の女を描きはじめる。

（既出『恋の華・白蓮事件』第三章）

つまり、伝右衛門との生活をアンチ・テーゼとして、歌の中で恋し姦淫しつつ、積極的に悲劇の女を描いたのであると。さらに、伝右衛門の妾として野口ゆうを京都から呼び寄せ、同じ家の中に置いたというのも、その裏付けのためであったといい、「悲劇は、すすんで仕立てられ、構築されていった気配がある」と推察している。病気を得て京都に戻ったおゆうに代わり、その姉さとがやはり白蓮の依頼によって妾となったが、伝右衛門自身も妻への扱いに腐心し、所有の鉱区訴訟問題も手伝って、胃潰瘍を長く患ったという。伝右衛門には妻の内面はまず理解出来なかったであろう。

それにしても、永畑の言うようにたとえ「悲劇の裏付け」であったとしても、白蓮がみずから置いた凄まじい現実と、その心の底知れぬ闇を思い見る時、『踏絵』のタイトルともなった、〈踏絵もてためさるる日の来しごとも歌反故いだき立てる火の前〉の一首にこめられた内容の重さ、覚悟に、あらためて立ち止まらずにはいられない。それはまた、一巻を通して小題を用いることなく〈わがわれに与へむとするは百年の後に生くべき物語ぶみ〉の一首をもって結んだ、あくまでも「物語ぶみ」とする意図ともひびきあうものであっただろう。

このように第一歌集『踏絵』を読んできた。そのおおよそは、従来の見方と大きく異なるものではないかもしれない。しかしまた、従来の見方のみで済ませるには、まだ多くの問題が残されているように思う。その意味でも幾つかの問題点を提示してきた。しかし、たとえば筆名の由来の一つにも関わる信仰（主に仏教）への関心なども、全歌集に通底する問題として、掘り下げて考えてみる必要があると思う。別の機会に再度試みたい。

第三章　第二歌集『幻の華』

——くり返された小題名

第二歌集　『幻の華』の函

一　久保猪之吉・より江夫妻と『エニグマ』

出版前後、福岡における名流夫人、歌人として燁子の文化活動に刺激を与えたのは、歌仲間である久保より江、野田茂重子らの女友達であった。この二人との親しい交際によって、見知らぬ土地での不如意な生活にもいくらかの潤いがもたらされたに違いない。しかし、それとは別に大きな刺激となったのは、より江の夫・久保猪之吉の存在であった。猪之吉はその奔放な恋の相手の一人として噂された人物である。

久保猪之吉（一八七四〈明七〉～一九三九〈昭一四〉）の経歴、医学的業績、文学的活動に関しては『近代文学研究叢書』（第四五巻、昭和女子大学近代文化研究所、一九七七）に詳細が尽くされている。それによると、猪之吉は福島県二本松の、代々藩士の家柄に生れた。苦学して東京帝国大学に進み、耳鼻咽喉科を専攻する。卒業後、ドイツ留学を経て明治四十年、京都帝国大学福岡医科大学（現九州大学）に赴任した。耳鼻咽喉科の教授としてその実力と実績は高く評価されている。医学への志は、早く離縁された生母の家柄が藩医であったことによるのだろう。人望も篤かったようである。

一方、作歌への関心は父親が和歌や詩を嗜んだという環境が素地としてまず考えられるが、深く関わろうとしたのは第一高等学校時代、近くに住んでいた同校の教師・落合直文との出会いに始まる。直文は猪之吉に毎月学資の援助をして励ましたという。やがて東京帝大生時代、尾上柴舟、金子薫園、武島羽衣、服部躬治《もとはる》らとともに既に結成されていた「あさ香社」に入り、その指導のもとに新聞紙上に歌を発表することになる。結成当初から大町桂月、塩井雨江、与謝野鉄幹、鮎貝槐園らが活動していた。新派和歌運動の熱気に充ちたまっただ中にあって、若い猪之吉が吸収したものは想像以上に大きかっただろう。

その後、同じく直文の教えを受けた尾上柴舟、菊地駒次、斎藤雄助ら学生仲間、猪之吉と同郷の友である服部躬治ら五人による「いかづち会」を結成する。「心の花」（明三一・十一）に「わが会の本領」と題して、会の規約の制定や和歌革新の意図を明らかにした一文は猪之吉によるものであった。会名の発案も彼であったという。「読売新聞」「心の花」などを発表の舞台に、ほぼ二年間作歌活動が続いた。その歌風は概ね主情的・浪漫的であり、中でも才を現したのが猪之吉であったといわれる。とりわけ、彼が「ゐの吉」の筆名で読売新聞（明三一・十二）に発表した歌、

いもうとは軒の葡萄を指さして熟せむ日までとどまれといふ
見じといひてはこにをさめし恋人の文なつかしくなりにけるかな

右の二首について、与謝野晶子が「当時の私を刺撃しまして、今も忘れられぬ」と、歌作の動機となったことを述べているのは注目される。いかにも多感な青年にふさわしい、浪漫性にみちた歌風だ。彼には歌集がなく、発表の場は先の紙誌の他に「明星」誌上を中心に作歌活動が続けられた。

「心の花」は、たとえば子規など当時雑誌を持たない社外の歌人にも発表の場を与えているのは先に述べたが、「明星」も同様であった。読売新聞では、信綱や鉄幹の歌を論難しているにもかかわらずである。しかし、猪之吉の活動は明治三十一年から三十四年頃をピークとし、ドイツ留学などによる医学への専念のため、寡作にならざるを得なくなり、「いかづち会」も次第に衰退していく。

猪之吉の福岡赴任は明治四十年、燁子が再婚して飯塚に住むのは四年後の明治四十四年である。大学での研究実績や、診療の成果、学生への指導とともに猪之吉にとっては、この地に生活の根を下ろし始めた時期であっただろう。自宅で「文学サロン」を開き、当地の文学者との交流の中心となるのも同時期である。燁子と猪之吉との初対面は、より江に誘われて参加したこのサロンであったかもしれない。「いかづち会」でかつて活躍し、社外にあるとはいえ、今なお自分と同じく「心の花」に歌を発表する先輩歌人。耳鼻咽喉科の権威。教養深い紳士。ヨーロッパ仕込みのみだしなみ。燁子には、東京をはるか離れた土地での思いもかけない出遇いであり、救いでもあったに違いない。

猪之吉の交遊関係は、佐佐木信綱、与謝野鉄幹、夏目漱石、長塚節、小村雪岱、泉鏡花、高浜虚子など、歌人を中心として多岐にわたる。節や茂吉が彼の診療を受けにわざわざ来福したことはよく知られているところだ。こうした繋がりをも含めて、燁子が猪之吉から受けたものは、今後の作歌活動に少なからぬ影響を及ぼすことになったと思われる。燁子にとって久保猪之吉の存在は、新聞に書き立てられ世間一般の噂の種になるような、恋の相手というばかりではなく、さまざまな意味でこの地における歌の活動に示唆的な役割を果たしたのであった。

ところで、九州帝国大学時代の猪之吉を語るとき、忘れてならない活動の一つに『エニグマ』があげられよう。同誌は一九一三年（大二）二月創刊の月刊文芸誌であり、現存するところでは大正四年一月号までの十三冊分が確認されている。「謎」の意味をもつ誌名『エニグマ』の存在を知ったのは、先に引用した猪之吉に関する文献の他に、原田種夫『黎明期の人びと：西日本文壇前史』（西日本新聞社、一九七四・十二）による。白蓮がこの雑誌に関わっているためであった。しかし、同誌発行の経緯やその総目次など書誌的な研究については、井上洋子「書誌『エニグマ』発行の経緯と『総目次』―付・久保猪之吉略年譜、『エニグマ』人名録」（文学批評『敍説Ⅱ』06、敍説舎編・花書院、二〇〇三・八）に詳細が尽くされていて、現時点でのおおよそを知ることができる。

それによると、井上は小野健治執筆と推定して、大正三年二月号の後記「那珂川より」の文章の一部を挙げ、その発行経緯を解説している。つまり、三人の学生が発案して久保猪之吉に相談を持ち込み、九州日報が協力態勢を取り、さらに榊、桜井等の九州帝大有力教授陣が参加し、加えて久保夫人（より江）とその友人伊藤夫人（柳原白蓮）が賛同するという経緯を経た、というものであった。燁子が『エニグマ』誌発行に賛同したのは、いうまでもなく猪之吉夫妻との繋がりによる。

では、この文芸誌に燁子はどの程度関わっているのだろうか。井上の同誌「総目録」をみると、現

存する十三冊の内、燁子が伊藤燁子の名で発表した号は、

第一巻第三号「緋桃」（短歌十首）大正二年四月発行
第一巻第四号「もみうら」（短歌十首）大正二年五月発行

の二冊である。現存しない大正三年四月から十二月までの九ヶ月間の雑誌に、燁子の作品がどの程度の割合で掲載されたかは知る由もないが、右のような頻度から察するに、それほど積極的な関わり方ではなかったことがうかがわれる。作品を見てみよう。

関門の両岸の灯もおぼろなり連絡船の春の夜の雨。
昔噺鳥の言葉も聞き分けし仙人が棲む拘留孫の峯。
＊見し人も見ざりし人も若き日の恋によく似る春の夜の夢。
＊女とて一度得たる憤り媚に黄金に代へらるべきか。
＊或時は王者の床も許さじとまきしかひなのこの冷さよ。
＊一を二とよむすべしらず知らざれば知恵足らぬ子とかろしめらるゝ。
＊心こめて童貞の尼が送りこし聖書の句にも慰まぬかな。

さとすべき諦めの言葉思ひてはわれと教ふるそのあぢきなさ。
かしこかりこの落ち髪のひと筋もわが見ぬ代々のおやのおもかげ。
＊緋桃咲く夕はこひしわがつまもわれを妖婦と罵りし子も。

「緋桃」十首より。タイトルは十首目に因むのだろう。全十首末尾に句点が付されていることに先ず気づくが、どのような意図があるのかよくわからない。ただ、第一巻第一号（創刊号）の久保より江「鸚鵡姫」十首と、次号第一巻第二号（大二・三）にみる久保猪之吉「こをばい」五首にも、歌の末尾にすべて句点がほどこされていること（「鸚鵡姫」は読点も）などと、何らかの関わりがあるようだ。別の機会に考えてみたい。右の内＊印六首は二年後刊行される『踏絵』所収となる作である。

一首目はこの作者には少ない叙景歌だが、結句「春の夜の雨」は常套的ながら、いかにも作者らしい王朝風雰囲気が匂う。二首目、「拘留孫《くるそん》の峯」は拘留孫仏《くるそんぶつ》のいます峯のことか。拘留孫仏は、釈迦以前にこの世に現れた過去七仏の一人とされ（『佛教大事典』小学館、一九八八）、この世に出現して衆生を救う千仏の最首という。鳥の言葉を聞き分けられる仙人が棲むと昔ばなしに聞いた、その聖なる山への憧れを歌った一首と思われる。仏教信仰に特別な関心を寄せていた作者の、素材に特徴のある作として注目したい。四、五首目は女のプライドを誇示し、言挙げしたような内容であるが、特に五首目は下句が複雑で悲哀感がこもる。それは六首目などの裏返しであるともとれるだろう。八首目は、抱えた屈託に対する自省的な思いが歌われており、具体的ではないが、燁子が身をおく日常の一端がうかがい知れよう。いかにも『踏絵』的世界を思わせる一首だ。

九首目は、自分の落ち髪のひと筋にさえ、代々の祖先の面影を偲ぶという、高貴な血筋への誇りとなつかしさが歌われ、また、長く美しい落ち髪への自愛的な気分も含んでいる。「髪」は「明星」以来、すっかり定着した歌の素材であったが、例えば山川登美子の「ひとすぢを千金《せんきん》に買ふ王《わう》もあれ七尺みどり秋のおち髪」（合同歌集『恋衣』所収「白百合」）に歌われる「おち髪」の、若い女の晴れやかな誇らしさは、燁子の屈折したそれとはやや異なる。十首目も緋桃の花の咲く夕べのもつ気分と、下句への意外な展開が効果的な、力のこもった作に仕上がっている。連作でなく群作という点で、全体から受ける印象は、今一つまとまりという点で惜しまれる。しかし、個々には燁子独特の持ち味があらわれており、その内六首が『踏絵』に採択されることを考えると、『エニグマ』への投稿は結果としてその為の準備を兼ねていたことになるかもしれない。それはもう一つの投稿にも同様のことがいえる。

▽素袷のもみうら肌にこゝろよしかろき冷たさほのあたたかさ

＊わが夢も青葉若葉にとけ入りて軽き心の朝ぼらけかな

＊朝化粧五月となれば京紅の青き光もなつかしき哉
帰りゆく人のからかさ美しく小雨ふるなり夕ぐれの街
暗をぬふ名しらぬ鳥の声悲しこよひ一夜の仙ずみの家
▽二百度の泉わきたつ地獄池人身御供に肥えし血の色
▽乳母に別れ七日七夜を泣きくれし幼き涙今も流るる
恋歌をうたはむ為と一時の我を忘れしめ世もはらからも
＊しょざいなさありのすさびに君恋ふといはゞや如何に魔なる女よ
＊呪へども消えぬ思の憎さより心にかけて忘れ得ぬ人

「もみうら」十首より。タイトルは一首目のもみうら（紅裏）による。ここでは前号のような歌の末尾の句点はみられない。なお＊印四首は『踏絵』所収となる作、▽印三首は『几帳のかけ（げ）』（大正八年版）所収となる作である。紅裏の歌は二、三首目に似た趣向の、心伸びやかな気分のよさが充分に発揮されており、女の艶やかさが匂うような作である。こうした上質の抒情は燁子本来のものと思われるが、十首全体がこのような気分にまとめられているかというと、そうでもない。後半はやはり『踏絵』的色彩の濃い世界だ。

ところで、『エニグマ』第一巻九月号（一九一三年〈大二〉九月）の烏（嶋とも）勘左「一筆啓上」には、同年一号から六号に出た歌の短評として、伊藤燁子について次のような評言[illegible]る。

・……特長の明かな作者だね、一般に荒削りで輪郭の線が太い、それだけ強味のある作が多い、……

・ぞんざいなところもあるが、技巧もあるではないか、折々間然すべき言葉使ひもあるが、手先の小細工が目につくよりも、歌の価値を割引する事が少いと思ふ、……

・『もみうら』にもいろ〳〵よい歌がある、（朝化粧の歌を挙げて）なつかしい匂の高い歌ではないか、手法色調相適つて居る、「わが夢も」も初夏の朝ぼらけのやうに気持がよい、しかし「帰りゆく」は一寸月並臭く、「暗をぬふ」は物足らず、「二百度の」は道具立ばかりで気が動かない、失敗の作か、……

右は抄出した部分だが、実際には歌を挙げて詳細に述べている。「荒削り」「ぞんざい」「間然すべき言葉使ひ」「月並」「物足らず」「道具立ばかり」などと、率直な物言いが目立つものの、最後には「とにかく伊藤氏はすぐれた歌よみである」とより江（久保）氏やうもれ木氏に先だつ賞賛の言葉で締めくくられている。

現存する『エニグマ』は大正四年一月まで明らかにされており、終刊がいつ頃かは不明である。しかし、耳鼻咽喉科の権威である猪之吉の仕事が多忙となり、作歌から遠ざかるに従って自然に消滅したようである。先出、原田種夫の『西日本文壇前史』には、その後『エニグマ』の影響を受けて、大正五年二月『ミナト』（福岡市内馬出浜松・博多詩社）が九州帝大生らによって創刊された。同誌は詩と短歌の雑誌で、同七年三月まで二十一冊つづいたが、当時、天神町のあかがね御殿にいた伊藤白蓮女史も一回『ミナト』に短歌を書いている、と記している。また、美しい姿をときに使用人を従えて短歌会に現したこともある、とも。『福岡と文学』（一九八四年〈昭五九〉十一月、西日本シティ銀行）には、原田の発言として『ミナト』創刊号の巻頭には猪之吉の歌十首が掲載されたとあって、久保夫妻もここに関わっていたことが知られる。つまり、原田は福岡における文学雑誌の源流として、『エニグマ』を位置づけたのであった。その中心的な役割を担ったのが久保猪之吉・より江夫妻だったのである。

井上の「総目録」によると、夫妻の作品掲載は大正二年の創刊号から同年の第一巻十二月号（同巻十月号は所在不明）まで休まずつづき、翌三年第二巻二月号、四年の第三巻一月号（作品は欠損部分で目次による、と井上の注）に猪之吉が執筆している。この内、現存しない大正三年四月から十二月までの九冊分についても、その頻度ほぼ同じようなものであっただろう。作品の内容は、猪之吉は海外の詩人や作品の評論、詩、短歌、欧州だよりなど多岐にわたり、より江も短歌、小説、随筆という風に旺盛な執筆活動ぶりがうかがわれる。
『エニグマ』および『ミナト』などと白蓮との関わりは、右のような具合であった。それは、「心の花」の同人として発表の場を持っていたことや、第一歌集『踏絵』の出版準備で多忙だったことなどにもよるかもしれない。しかし地方の文芸誌とはいえ、『エニグマ』には若山牧水、土岐哀果（善麿）、前田夕暮、茅野蕭々、茅野雅子、相馬御風、川路柳虹、土田杏村、長塚節（手紙掲載）といった文壇に著名な歌人、詩人、評論家が名を連ねていた。このほとんどが猪之吉と交流のある人々である。これから歌集を出版しようとする白蓮にとって、同誌は作品発表のまたとない場ではなかっただろうか。

薔薇《ばら》色の清き翼に黄を重ね、緋のかざしするわが鸚鵡姫。
汝《なれ》あらむ、たよりなげなる眸して何に見入るや沈黙《しじま》の夕べ。
南国のわがまらうどは果実《このみ》召す、五月とく来よ苺参らせむ。
わが鸚鵡人の名呼ぶに馴れしめず、など馴れしめぬ妬しき故。
汝《なれ》鸚鵡わが亡き後は鳩も呼べ、われに代りて君が名を呼べ。
紅の珊瑚の足に歌結びはなちやらばやわが思ふあたり。

（以上五首鸚鵡の歌の中より）

ためらはずわが掌に餌ははめど、おびえがちなるちひさき眸。
あやつりの人形めくと嘲るな、狭き舞台も住みごゝちよき。
聞きたまへ栄《は江》の一日《ひとひ》か百歳《ももとせ》か、ひまなくひゞく恋のかちどき。
何の悔、何のわづらひ、すく〳〵と思ふがまゝに生いたちしもの。

（以上二首鳩の歌の中より）

右は『エニグマ』創刊号掲載の久保より江「鸚鵡姫」十首。夫妻の飼う愛鳥鸚鵡が前半五首に、次いで鳩の歌二首がつづく。「鸚鵡姫」「わがまらうど」という呼び方、「召す」「参らせむ」の敬語使用などにその溺愛ぶりがうかがわれるが、一方では作者の分身的な側面も持っている。特に後半の三首は、鸚鵡に託した作者自身の心情そのものであるだろう。両者渾然一体として、なかなか意味深長な三首だ。ここには何不自由なく幸せにみちた女性の誇らしい世界が、同じ世の女性に向かって誇示されている。これについて井上は、「心の花」（一九一五年〈大四〉七月）掲載の燁子作、

妬みすれ紅き血潮（汐）のことごとく黒く沸ぎるよ女はくるし
おん二人中にめでた（に）し鸚鵡姫息絶えてける六月半（なか）ば
さびしさは鳥のなきがらかい抱きなげかむ人のおもはるゝ宵

筆者注（　）内は原文表記

この三首を掲げて、次のように指摘する。

> 白蓮は多くの恋歌を詠んでおり、そのどこまでが真実か、あるいは虚構なのか分からないところがあるが、ここに歌われた嫉妬と、息絶えた鸚鵡に託された恋の終わりは、久保夫妻に関係があることは、はっきりしている。なぜなら『エニグマ』創刊号に発表されたより江の「鸚鵡姫」十首を明らかに意識しているからである。
>
> （既出『西日本人物誌［20］柳原白蓮』二〇一一・一〇、西日本新聞社）

右の三首は「幻の華」十二首の内である。「鸚鵡姫」の発表（大正二年）と、この三首を含む「幻の華」の発表（大正四年七月）とは二年半ほどの開きがあるが、「幻の華」がより江の「鸚鵡姫」を意識したものであるという、井上の指摘は確かにその通りであろう。しかし、この指摘には既に林真理子の『白蓮れんれん』（一九九八・一〇、中公文庫）の第五話に先行があった。

> どうしてこれほどくだらないことしか言えぬ女が、久保のような男を独占出来るのだろうか。
> そしてなぜ博士夫人という地位を手に入れられるのか。

より江に対しての苛立ちはさらに昂まり、燁子は辛抱出来なくなるほどだ。そして燁子はそうした自分の悪意を閉じ込めるために歌を詠む。（中略十二行　この間、井上の示した「妬みすれば……」「おん二人……」と「一度もあやまたざりし身の悔よそれさへ人の科《とが》と恨みき」の三首を掲げる）

その鸚鵡は、（略）夫と妻、それぞれの名前を反すうすることを憶え、夫が呼ぶと妻の名を、妻が呼ぶと夫の名を叫ぶ。それを聞いて夫婦はいつも微笑み合っている。鸚鵡さえ息苦しくなって死んでしまいかねない熱愛ぶりだ。その光景が憎らしくて、燁子は鸚鵡を殺したのだ。

社会的地位が高く、誰からも尊敬される頭脳。知的で文学的教養の深い夫、居心地のよい温かい家庭。現在の燁子には叶えられることのない、かつてより憧れていたもの。その夫をもつより江も文学的教養を備えた聡明な女性ではあったが、どちらかといえば常識的で従順な妻であったらしい。大富豪とはいえ炭鉱成金、読み書き出来ず無教養の夫をもつ白蓮に対して、当然ながら優越感を抱いたであろうし、無意識に態度にあらわれることがあったかもしれない。先掲『西日本文壇前史』によると、当地の詩人加藤介春がより江を「お菓子のように美しい」と評したとある。燁子ならずとも、女性ならば羨望と妬ましさの思いを抱くほどの夫婦仲であったのだろう。『エニグマ』では彼女は女王様的存在であったのだ。「幻の華」十二首中には「口わろきをとこはこわし恐ろしゝ筑紫女はわけても憎し」という一首もみえる。

両者の歌をめぐって、燁子のそうした嫉妬に渦巻く心理を、巧みに描写したのが林真理子であった。しかし、より江はそのことには気づかなかったらしく、猪之吉のみが自分に対する白蓮の意図を一連の中から読みとっていたのである。虚々実々の綾なす恋の応酬がやがて二人の間に展開されていく。

つまり、燁子の『エニグマ』への関わり方には、思いの外熱心さはみられなかった。その背後には、以上のような事情が考えられるのである。しかし、発表の場は「心の花」に拠りながら、久保猪之吉という存在そのものが、恋歌のみならず燁子の作歌のエネルギーとして作用したことは確かであろう。第二歌集『幻の華』の生成と成果を考える上で、『エニグマ』の果たした役割は複雑で大きい。

二　編集方針と小題の試み

『幻の華』は一九一九年（大八）三月二十五日、新潮社発行。『踏絵』から四年後である。表紙の筆名は白蓮、奥書の著者名には「伊藤燁子」と本名を記す。装幀は『踏絵』と同じく竹久夢二が担当。なお、同年に刊行された詩歌集『几帳のかけ（げ）』は玄文社発行、安田稔の装幀、著者名は「伊藤白蓮」とある。こちらは翌年既に六版を重ねており、歌人として世間的にも名を知られつつあったことがうかがえる。ただ、両者の著者名に統一を欠くのは、今回の出版費も伝右衛門に負うことへの配慮からだろうか。詩歌集である『几帳のかけ』に収める歌は百首ほどである。従って、歌集『幻の華』を先行させたい。
同歌集に収める歌数は四八八首（長澤美津篇『女人和歌大系』第五巻所収）。次のような十六の小題から構成されている。

摩訶不思議（一〇）
罪のまぼろし（三五）
御大典の日に（二）
御幸（四）
不知火（一四）
周囲の人々（一八）
育ひぎみ（六）
はらから（四）

いとしき姪（九）
まろうど（三六）
春より秋へ（五九）
几帳のかけ（六〇）
旅路（五二）
湯の里（二〇）
珊瑚珠（二八）
仇なる花（一三一）

この内「仇なる花」を筆頭に、「几帳のかけ」、「春より秋へ」、「旅路」など歌数の多さが目だつものの、小題を一切用いなかった『踏絵』との編集方針の違いがこの点に認められよう。『踏絵』以後の「心の花」にみる作品発表の再開は、先述の通り第十九巻四号（大四・四）の「若い男よ」と題する詩に始まる。詩作への試みは『几帳のかげ』に発展していくのであるが、今は触れない。次いで第十九巻七号より「幻の華」と題し、以後同題による作品発表が続けられる。しかしこれは、既に「心の花」の同人となった頃から行われていたものであった。初出は第十五巻六号（明四四・六）、表記は「まぼろしの花」である。これは一連十七首中の、「天上の花の姿と思ひしはかり寐の宿のまぼろしの花」に因むことはいうまでもなく、第二歌集名として結実する。それにしても、この言葉に対する白蓮の執着は並々ではない。

先に述べた通り、題名は「心の花」の同人となって以来、『踏絵』出版後も続けられた同一の題「まぼろしの花」（「幻の花」、「幻の華」とも）による作品発表がそのまま歌集名とされたのであった（一部の例外を除く）。その各号の作品を分散して配置したのは『踏絵』も同様であったが、ここでは各小題のもとに編集されたのである。従って、制作年月を追って記載する編年体ではない。

たとえば、唯一例外のタイトルである「筑紫より」十二首（「心の花」第二十一巻七号・大六）でみると、

桜ちる浪の上越え山こえて師の君来ます筑紫の国へ

師の君の来ますむかふと八木山の峠の若葉さみどりのして
ここも亦都恋しのおもひ川泪の跡を尋ねてぞ来し
ありし世の七堂伽藍かげもあらずここにもめぐる輪廻の掟
あなかしこ王も聖もぬかづきし御仏なりしみ名はしらねど
ぬかづきて何を祈りしいにしへの大弐の姫がかけたる願ひ
なにがしの帝が帰依の盧遮那仏今も昔の笑まひしませり
黄金なす大海の上菜の花のかをれる中を我車ゆく

このように十二首中八首が「不知火」と題する十四首に採り入れられており、配置の順も発表当初とは異なっている。また、右の五首目下句「御仏なりし」は「御仏なれば」、七首目の上句「盧遮那仏」は「黄金仏」、とそれぞれ当初の表現に手を入れていることにも気づく。この一連は歌の師である佐佐木信綱が、筑紫を訪れた際（一九一七年〈大六〉五月）の作であり、師を迎える喜びの気分がよく伝えられている。「不知火」はここでは筑紫の枕詞としての題名であろうから、素材からしてもっともな配置であるといえるだろう。さらに二首、

女子《をみなご》が生ける限りのつとめなる髪結ふこともものうき日かな

七月に降る雪をもて火を焚かば我願《ね》ぎごとも叶ふべしなど

これは「几帳のかけ」六十首の中に配置された。同年出版の詩歌集と同名の小題である点が興味深い。六十首は「斯る日は几帳のかげにかくれたる百年前の我をし偲ぶ」にはじまるが、王朝貴族に自らを重ねた、自愛的でいかにも古風な印象を与える命名である。たとえば、

思ひわびきのふの如くけふの日もすでに夜となりあかつきとなる
淋しさに馴れぬ心の置きどころやうやくくれし今日にもあるかな
かくあれと祈りしことは昨日にて諦めの後の心易けさ
知らずして植ゑしは世にも怖しき血ににじみたる紅の花

などのように、どうにもならない不如意の日々をかこつ、思いわびる内容がくり返し歌われている。『踏絵』の世界の延長といってよいだろう。一方ではしかし、

わびぬれば庶人の中に雑らひておどけたる眼に観物《みもの》となるよ
おそろしき人の中傷は広ごりぬつぶてをうちし水面のごとく

あはれこの売婦に似たる偽りを言ひ得る程に世なれ人なれ

歌に生き歌に死なむと思ふ身はそれにもまさる恋もあらなく

人々との交じらいにあって道化的な役割も演じ、売婦のような嘘も平気でつき、人から受ける中傷の伝わる速さを、投げたつぶての輪が水面に広がるようだと喩えるように、自己を客観的に、あるいは自嘲的にみつめようとする姿勢があきらかにみてとれる。「歌に生き歌に死なむ……」はやはり『踏絵』以来の決意ではあったが、それに勝るような恋がないと嘆く。燁子にとって恋愛は、歌に生きるための必要不可欠の素材であったから、歌に賭ける激しさに見合う、あるいはそれ以上にかき立てられる恋の生まれ難い現実を、不如意としたのであった。

「几帳のかけ」はこうした自分のおかれている境遇を「思いわびる」歌が基調とされており、その意味で先の二首が「不知火」ではなくここに配置されたのは妥当であった。なお、残る二首は本歌集に採用されなかったようである。素材や内容が重なることによるのだろう。

三　「心の花」発表「幻の華」二十六首

もう一つ、本歌集収録中で制作年代の最も新しい作品は、「心の花」第二十二巻九号所載の「幻の華」二十六首である。これは石榑千亦、川田順、橘糸重子、中原潔子らとともに巻頭詠として名

（白蓮）を連ねたもので、二ページカット付きという恵まれた扱いである。燁子がこの頃（大正七年）すでに「心の花」の同人として確かな位置を占めていたことがよくわかる一例である。本歌集ではその作品五首（＊印）が巻頭の「摩訶不思議」十首中に登場する。

わたつ海の沖に火もゆる火の国に我あり誰そや思はれ人は
＊親の名をせめていふなと願へども世人の口に関はあらなく
大空に夜も日もあらず自らの心を閉ぢて守る淋しさ
＊幾人の口より口に伝はりて我目にも入るあやしき我名
＊我名をば誰が名ぞともいぶかしむ刹那の後の寂しき思ひ
摩訶不思議噂の生みし我といふ魔性の女いくたりか棲む
＊何ならぬ人のまなさし悲しくて世を狭うしぬある日ある時
＊嘲りも痛罵も今はよろこびの声ときくまで世なれ人なれ
数多き愚人のそしり徒《いたづ》らに我身ふるまで世に怖《お》ぢむとす
いとまあれやさかしら人は木の葉吹く風のまにまに我門叩く

一首目、堂々と力強く、自信と情熱に満ちた恋の歌である。初句、二句は「わたつ海の沖に火もゆる」は不知火の現象と筑紫を呼び起こし、「火の国」へと導く序詞的な働きをもつ。「火」のくり返しも非常に効果的だ。巻頭歌としてこれ以上ふさわしい一首はない。六首目はこの小題に因むのであろう。「魔性の女」も『踏絵』中にすでに登場しているが、ここでは魔性の女は我の中に何人も棲まわせているようだ。人の口、まなざし、我が名、噂などと一連に歌われるように、人々のさまざまな噂や嘲り、罵りなどによって傷つきながらも、一方では、自分本人も誰のことかと驚くほど、思いがけない人物に作られていく自分、もう一人の虚像——噂の女を楽しんでいる作者がいる。人目をはばかりひたすら世間を狭く生きようとする弱々しくつつましい面と、それをおもしろがって世間に開き直ろうとする図太くしたたかな面。その二つの間を揺れ動く内奥の諸相が、この歌集を底流する抒情であったと考えられる。わざわざ最近作五首を加えて十首とし、巻頭に据えたのは、それを充分に示唆している。

二〇〇八年、別府のあかがね屋敷跡を訪ねたことがあった。伝右衛門が燁子のために建てた豪邸であり、九州における文学者たちの集まる文芸サロンの女主人として華やかな日々を送った場所である。しかし現在、白蓮を知る人は地元といえど驚くほど少なく、ようやく探し当てた広大な跡地一帯は新興住宅街となっていた。その一角に作られた小公園に、ひっそりと建っていたのが右の巻頭歌の歌碑であった。自筆である筆跡は、その歌柄にふさわしくたっぷりとゆたかな筆遣いである。宅地となる以前はホテルの庭に建てられて、歌にふさわしい場所を得ていたようである。尋ねあてた歌碑を目前にしながら、容赦なく移り変わる人の世を思わないではいられなかった。

以上のように本歌集の編集は、発表当初の作品を切り離してそれぞれ小題のもとに再構成されたものであった。この内先の「不知火」をはじめ、「御大典の日に」「御幸」「はらから」「いとしき姪」「育（やしな）ひきみ」「春から夏へ」「旅路」「湯の里」「珊瑚珠」などは小題に添わせて素材や内容の選ばれた作品群である。「周囲の人々」「まろうど」もこれに準じるだろう。連作ではなく作品群として整理されており、読みやすいという利点をもつ。その半面、発表当初の一連がもつ気分や、歌と歌とのひびき合いなどは失われてしまっている。

一方また、「罪のまぼろし」「几帳のかけ」「仇なる花」などにはそうした小題を付してまとめようとする意図はどうも見え難い。ことに「仇なる花」などは一三一首が途切れなくつづいており、読みづらさをまぬがれない。加えて、これら小題のいずれに入っていても何らふしぎではないような、恋の歌などもけして少なくはないのである。

遠くなりいよよ恋しく懐しし憎しと見ればいよよ忘れぬ
ふと今宵まことに人を恋ひぬべき純の心を尋ねていでぬ
かかはりも無きよそ事もしみじみと身につまされて泣くも恋故

青色の翡翠の珠を百八つ連ねて見むと奢りていひぬ

来ぬ人は遭ふをほりせぬ情しらず情しらずをば待ちし一時

へだつるは山か野もせか和田津海か否々人の邪しき妬みか

破れやすき素焼きの如き心よと見つめし眼さへ今に忘れず

ゆくりなく風がもてきし花の香の身にしむばかり思ふ片恋

胸そぞろ心もそぞろ手も足も何に追はるるものともなしに

右は「罪のまぼろし」「几帳のかけ」「仇なる花」からそれぞれ三首ずつ挙げた。こうしてみると、いずれも各小題に適った、特徴的な差はほとんど認められない。どの小題に含まれていてもよさそうな、共通した気分を持っている。いうならば、一つの小題の中に含めても不自然ではない歌群なのである。しかし、三小題の歌数は二二六首、全体のほぼ半分を占める分量であり、一小題とするにはおよそ無理であろう。他の小題とのバランスも考えなければならない。

つまり、本歌集の主流をなすのはこの部分であり、題名『幻の華』の意味する内容に呼応する歌群であった。秀歌も多い。三つに分けた小題、「罪のまぼろし」「几帳のかけ」「仇なる花」のもつ意味をあらためて考えてみると、まぼろしといい仇花といい、『幻の華』に集約されていることに気がつく。

『幻の華』はこうした構成のもとに編集されていたのであった。

四　『踏絵』以後『幻の華』出版までの歳月

順序が逆になったが、『踏絵』以後本歌集出版に至るほぼ四年間は燁子にとってどのような年月であっただろう。その背景について簡単に見ておきたい。第一歌集『踏絵』によって歌人白蓮の名が次第に歌壇に知られつつある存在となっていた時期である。別府あかがね御殿における文学サロンのヒロインとして、高浜虚子や吉井勇、倉田百三、菊池寛など多くの文人、ジャーナリストを迎え入れ、華やいだ生活を送るのも同じ時期であった。

主な出来事としては、歌の師・佐佐木信綱の福岡来訪（大正六年五月）と、筑豊疑獄事件裁判の証人として法廷に立ったことが挙げられるだろう（大正七年四月）。

信綱の福岡来訪は、彼が再発見したとされる江戸末期の歌人・大隈言道（一七九八～一八六八）に関する資料蒐集がその目的であった。言道は橘曙覧《あけみ》とともに近代短歌の先駆者として知られるが、何より当地の出身者だったのである。先に掲げた「不知火」十四首（「心の花」第21巻7号では「筑紫より」）には、敬愛するなつかしい師を迎え、案内する久保猪之吉らと連れだって太宰府周辺に遊んだ一日の、弾むような心情がよく伝わってくる。

桜ちる浪の上越え山こえて師の君来ます筑紫の国へ
師の君の来ますむかふと八木山の峠の若葉さみどりのして
あなかしこ王も聖もぬかづきし御仏なりしみ名はしらねど

「八木山」は博多から飯塚へ向かう途中で越える峠であり、ここから飯塚の町が眼下に一望できるという。ＪＲ福北ゆたか線では峠は走らないが、緑の山深い中をゆく。飯塚を出るにも入るにも、まず越えなければならないのがこの峠であった。燁子は師の到着を待ちきれずにこの峠まで出迎えたのであろう。なお、言道研究の資料蒐集に当たっては、久保猪之吉や彼が紹介した梅野満雄らの尽力によること、これにより福岡における本格的な言道研究が根づいたことなど、井上洋子著『柳原白蓮』（既出）に詳しい。

もう一つ、筑豊疑獄事件というのは中央からの出先機関であった福岡鉱務署長・野田勇に、各炭鉱主からの贈収賄が行われたとする嫌疑による事件である。検察の調査によって、炭鉱主である伝右衛門は無論、燁子もその裁判に召喚されたのであった。それは普段から親しく往き来している燁子の歌仲間・野田茂重子（百江子とも）が疑獄事件の署長夫人であったからである。『恋の華・白蓮事件』（第四章）では、当時の新聞記事（「大阪朝日新聞」大正七年四月一日付夕刊、福岡電報）を引用して、その内容を伝えた箇所がある。それによると、燁子が中元見舞いとして五、六十円の物品を贈った。そのことが単に両夫人間の社交的儀式にとどまるか、あるいはこれに託した伊藤伝右衛門と野田勇との間の不正関係とみるかどうか、というものであった。二人は事なきを得たようであるが、野田は辞職させられたという。その折りの、絹のハンカチを持ち、嫋々として証言台に立つ燁子の姿は衆目の的となり、とりわけマスコミの強い関心を惹いたのであった。林真理子著『白蓮れんれん』（第九話）にも、この場面を次のように描写している。


（略）いつもより小ぶりの束髪に結い、地味な縞お召に身をつつんだ燁子であるが、そのほっそりとたおやかな姿は、薄暗い法廷の中、人々の目を見張らせるには十分であった。

「あれが金で買われてきたという華族のお姫さんだ」

「伊藤とふたまわり以上年が離れているそうじゃないか」

　声にならないかすかなざわめきは、特に記者席の男たちの帽子の陰から起こったが、それが一週間もたたぬうちにあのような形になるとは、燁子自身も想像も出来なかったことである。


このマスコミの関心事は、すぐさま「大阪朝日新聞」による「筑紫の女王燁子」と銘打った連載としてスタートする。四月七日付けが第一回、以後十回に及んだ。伝右衛門との再婚と燁子の動勢については、その当初からなにかにつけて噂の種にされていたが、この連載記事によりそれはさらに倍増されて世間に広がることになった。破婚の伯爵令嬢、莫大な金額の動いた再婚、二十五歳も年上の無学な炭鉱王、贅の限りを尽くした大邸宅、二つのあかがね御殿、その異常な夫婦生活、伝右衛門の女遊び、複雑な家庭環境、『踏絵』に詠んだ奔放な恋の歌の数々、某博士をはじめいくつかの恋の噂など、どれ一つとして世間の人々の興味をそそらないものはない。まして、こうしたゴシップ記事はおもしろおかしく書きたてるのが身上である。人々は羨望や憧れ、嫉妬の入り交じった思い、あるいは誹謗の声をともないながら、無責任に興味本位に読んだことだろう。燁子を「筑紫の女王」と呼ぶようになるのはこの時に始まる。

当然のことながら、この記事に燁子は大いに傷ついたに違いない。しかし、この類の洗礼はすでに『踏絵』によって体験済みであった。同じく『白蓮れんれん』（第九話）には、気遣う義妹初枝に対して燁子が次のように言う箇所がみえる。

「あれが出始めた頃、自分がおもちゃにされたようで、そりゃあ不愉快だったわ。ところがどうでしょう、新聞社気付けでこんなにたくさんの手紙が届くようになったんです。美しき筑紫の女王燁子さまって、そりゃあ歯の浮くようなことばかり。でも読んでいてとても面白いわ」（中略）「中には学生や役人なんていうのもあってね、しっかりした手紙だと、時々返事をあげます」

小説としての誇張を考慮する必要があろうが、「歯の浮くようなことばかり」と言いながら、「筑紫の女王」と呼ばれることに、燁子のまんざらでもない気分が見て取れる。崇拝者からの多くの手紙を面白がりながら、そうした男達との文通を楽しんでいたのである。

親の名をせめていふなと願へども世人の口に関はあらなく
何ならぬ人のまなさし悲しくて世を狭うしぬある日ある時
思ひしに似ぬかよわさと罵られ見しらぬ人の文ぞあやしき
昔より持てる矜りを今更に捨てむすてじとためらふ我は
粉黛に身をやつしたる変化もの鏡にうつるこの化性者
やがて散る木の葉むせびて泣き止まず妻戸の外も内も夜更けぬ
あけぼののさ霧の中に溶けあひし我心より白露ぞ置く

右のような一連には、自分に集まる毀誉褒貶の中にあって、ともすれば複雑に動揺しつつ、しかし己を客観視する姿勢のたしかさを読みとることができるのである。また、最後の二首はそうした内面を反映した優れた叙景的作品であり、ここにも『踏絵』には見られなかった成果がうかがえるだろう。

このように福岡という地にようやく根を下ろして、少なくとも表面はいかにも華やかで、充実した日々のようにみえる。しかし、伝右衛門との日常生活はどうだったのか。

いつも山本と二人切りの時は、澄子は何を話してよいか、その題材に苦しむ事も屢々あつた。うつかり家庭の中の悩みでも訴へようものなら山本は頭から叱りつけるか、でなければてんで取りあつてはくれないのだつた。そればかりではない、澄子のいふ事を一々逆にとつて良いと云へば悪る《ママ》いと云ひ、悪る《ママ》いと云へば良いといふのが、澄子にはひどく神経にこたへた。

右は自伝的小説『荊棘の実』（二十六　妻とは？）の一節。本書の終盤に近く、やがて後に出奔することになる宮崎龍介と出会うところで結末となる。従って、時期的には『幻の華』の頃とみてよいだろう。夫（ここでは山本）との関係は再婚以来この方少しも変わることなく、右のようにおだやかな会話の成り立ち難い、寒々とした状態であった。

「……尽すという心持の中には、伊藤氏に対して絶対の服従心を持ってゐたからであつた。世間の何物よりも、伊藤氏の一顰《ぴん》一笑が苦労であつた。（中略）時によっては、その恐怖の有様は、ほとんど病的でないかと思はれる位のものがあつた。

世間に伝わるように、〝伝ネム、伝ネム〟と呼び捨てにするの、夜の帳を閉ぢて入れないなどといふやうなことは、全く思ひもつかぬことであつた」

右は『恋の華・白蓮事件』（既出）に引用する、大阪毎日新聞の記者・北尾鐐之助の手記である。伝右衛門に対する強い怖れと絶対的な服従心を持って仕えていたことを伝えている。いさかいがあると「出て行け」などとよく言われたようだ。

「お優や、お前ようく聞いておくれ、（略）お前こそ本当は山本の妻なのだ、この私は、いつかもお前に云って聞かしたやうに、旦那様の事は養ひの親だとは思っても、夫だとは思へないのだもの、（略）と云つて私、この家を出されたらまあどうなるとお思ひだえ？　本当の生みの親はもうこの世には居ないし、誰を頼りに生きてゐたらいゝのだらう、私は一人で生きる道を知らないのだもの、何と思つたつてやつぱり旦那様に食べさせて頂かなくては死ぬより外にゆく途のない女なのだものね」

『荊棘の実』にみる、伝右衛門の夜の相手として京都から呼び寄せたお優（おゆう）に対して、自分の置かれたどうにもならぬ現実を語る場面である。先に引用した北尾の手記を裏書きするような部分であり、しみじみとして哀れである。

いかにせば心のどかに住みぬべき木々の葉ごしの夕月のかげ　（「春より秋へ」）

淋しさに馴れぬ心の置きどころやうやくくれし今日にもあるかな　（「几帳のかげ」）

今ははや流人となりて渡るべき悲しみもなく喜びもなし　（同）

自立して生活するすべもなく、申し分のない家柄とはいえ離婚して実家に帰った女性の再婚、帰る家はもうどこにもなかった。飯塚の生活に少しは慣れたにしても、情況は当初と何も変わることなく、行き場のないぎりぎりの境遇に置かれていたのが、燁子の現状であった。

第四章　『几帳のかけ』初版本

詩歌集『几帳のかけ』の表紙と扉

一　「香の札」百首の制作意図

二〇一四年（平二六）三月から始まったＮＨＫ朝の連続テレビ小説『花子とアン』は、翻訳者として生きた村岡花子の生涯を描いた物語である。花子と燁子は東洋英和女学校時代に無二の親友となり、その友情は生涯を通じて絶えることがなかった。この物語のヒロインはむろん花子であるから、白蓮（燁子）の登場はともに学んだ女学校時代の場面くらいであろうかと思っていたが、その花子の歩みと並行するかたちで、伊藤伝右衛門との意に染まぬ再婚と、婚家や夫とのさまざまな軋轢に苦しむ白蓮が登場するようになった。純情素朴、明るく健康的な花子役の吉高由里子に対し、仲間由紀恵がたおやかで気位高く、翳りを含んだ白蓮役を好演しており、どのように展開していくのか、毎日の十五分間を楽しみながら観たのであった。

　さて、第二歌集『幻の華』では作品を中心に制作時期の背景、交友関係に伴う文学的な環境などを考えてきた。加えて同時期の短歌作品を収録した著書に、詩歌集『几帳のかけ（げ）』がある。既述の通り、初版が『幻の華』の出版と同年の一九一九年（大八）、再版が一九二〇年（大九）であるが、初版本『几帳のかけ（げ）』には巻頭に「香の札」と題して短歌百首が配置されている。安田稔による薔薇の図案の表紙、目次以下二首組の各ページ上部にも、細かく薔薇の図案がほどこされた、贅沢で瀟洒な装幀である。構成は歌百首、詩（文体は文語、口語など）二十三篇、詩劇一篇。この内、詩二十二篇は再版本所収の四十九篇にも含まれる。興味深いのは初版、再版ともに巻末に収録された詩劇である。これは「阿難尊者と摩登伽女」と題した仏典に素材を得たもので、やはり同素材にヒントを得た戯曲『指鬘外道』と、ほとんど時期を前後して執筆された点である。歌集、詩集二冊の他にこうした仏典に取材した新分野の作品を試みるなど、この時期の白蓮の創作活動はめざましい。若い頃より写経、読経に親しみ、仏教用語を作歌に取り入れてきたことと深く関わる営為である。こうした営為が白蓮の培ってきた仏教的世界観やものの考え方と、とりわけ後半の作品にどのように投影されているかについては、稿をあらためて考える必要があろう。

「香の札」百首がどのような意図をもって作られたのか。また、これがなぜ『几帳のかげ』初版本のみに限って収録されたのか。後書きもなくてよくわからないが百首中に、

髪梳かず口紅とかず歌百首まゐらせむとて物いみをする

とある一首が、百首詠の目的や動機と深く関わっているとみてよいだろう。歌百首を（君に）差し上げようと、髪も結わず化粧もせず、物忌みをしてひたすら歌に精進するという内容である。右の上句「髪梳かず口紅とかず」からは、『万葉集』の次の一首をおのずと連想させる。

梳《くし》も見じ屋中《やぬち》も掃《は》かじ草枕旅行く君を斎《いは》ふと思《も》ひて

（万十九・四二六三　作者未詳）

ここでは、旅行中の夫の安全を祈るための呪的な行為として、髪を梳かすことも部屋を掃除することも禁忌とした、当時の民俗が反映されている。ものごとを神に祈る時や願う時の物忌み、潔斎の一つの方法がこのような行為であったのである。こうした呪的な行為や表現の伝統が、白蓮の作品に見いだせるのは非常に興味深いことである。とくに「口紅とかず」には、もの忌みから受ける硬い印象を脱した、燁子独特の華やぎさえ感じさせてくれる。つまり、この百首は単なる文学的創作意欲によるばかりではない、並々ならぬ祈りの心から生まれた歌群であったと考えられるのである。他に「精進にある日は清くうつくしくいと細やかに心のぬるゝ」という一首も見える。

題名とした「香《こう》の札」は、香札《こうふだ》ともいい、聞香《もんこう》の折の香席において、順番に聞いた香の結果を札で答える際に使用するものをいう（『香道の歴史事典』神保博行、柏書房、二〇〇三）。

十種香今きくかをり伽羅の香か人の心の白菊の香か

一か二か心あてなる香の札かちりと音しゆらぐうつり香

など百首中にみえる、聞香の作に因んでいるようだ。二首目の「一か二か」は香札の裏に記された番号のこと、下句と相俟って香席の雰囲気がよく伝わってくる。いかにも燁子らしく貴族的で優雅な生活の一端がうかがえる作であるが、題名としては『几帳のかけ』と同様に、王朝風で古風な印象をまぬかれがたくもあるだろう。

二　恋の成就への祈り

　大前に君が名呼びぬ千歳のいのち生くべき名よとまうして

百首は右の一首から始まる。「大前」は神または天皇を指す言葉。ここでは神に対して誓いを立てる決意のこもる呼びかけと受け取れよう。内容は「君」の命の千歳を祈り言祝ぐもので、前掲に示したもの忌みの歌と呼応するような巻頭歌だ。最初に相手の寿命を言祝ぐことにより、こうした大作に取りかかるに当たっての伝統的な形を踏襲したのであろう。では、ここで言祝ぐ対象の「君」というのは誰を指すのか。以下、次のような歌がつづく。

　思ひ迫りはこびし筆の許されぬ罪かのごとくうち嘆かるゝ

逢はまほし逢はむと応らへ斯くてなほ許さぬもの、あるこゝちする
雪や降る人の心のつめたさのなみだや凍る夜半の寝覚めに
いとけなき我魂をもてあそぶ人よとおもひ憎さまさりぬ

どうしようもなくつのる恋しさに手紙を書こうとして筆をとったものの、それはまるで許されない罪であるかのように思えて、ため息を吐かずにいられない。あなたにお逢いしたい、逢いましょうと答えて、しかし、やはり許されない何かがあるように思われる。雪が降るからだろうか、それともあの人のつれなさのせいで涙が凍るのだろうか、夜半に目ざめて。この私の幼い魂をもてあそぶ人だと思うと、恋しさよりも憎さの方が強くなってくる——。初めの二首は「許されぬ罪」「許さぬもの」などに見られるように、人を恋することと恋人と逢うことに対する罪の意識、罪悪感を、後の二首では恋心の苦しさを、それぞれ詠う。

見えぬほどうちふるふかな我胸と君がかたへのシネラリヤの花
君とゆく音羽の町のたそがれに淡雪のちる如月半ば
甘えてはすこしの無理も言ひて見つ満ちたらひぬるかろき心に
三百里君をたづねて逢ひに来し亀原あたり春の雪ふる

誰により胸にまかれて培はるよろこびのはなかなしみの花
けふよりはまた逢ふひまの別れぞというて暮して何時までまたん
封筒の表書きこそうれしけれよき名をかけばうらがなしけれ

『踏絵』以来すでに見てきたように、白蓮の恋はその相手が不特定の、実体のないものであった。親しく往き来した久保猪之吉にしろ、熱烈な恋文を交わした陸軍中尉藤井民助にしろ、籠の鳥のような生活の中での、ひとときの心を紛らわせる手立て、あるいは歌のためのかりそめの恋、まぼろしの恋でしかなかったのである。しかし、右に掲げた一連では初恋の少女のような初々しい歌をはじめとして、実際の恋の逢瀬のよろこびや嘆きがしきりに歌われる。もちろん恋に関わる歌に百首全部が占められているのではない。

いづ方も王土にあらぬなけれどもこの山かげの淋しき一つ家
ほの青く雪ぞふりぬる如月の風邪のこゝちの窓のガラス戸
七年を住みなれ来れば煤煙にうすよごれたる白梅もよし
陀羅尼品呪文の如く口ずさむあまり淋しき夕ぐれの空
ふと見れば小櫛に似たる月かげのほのかに浮ぶあかるき夕ぞら

このようにしみじみとして落ち着いた佳品も多く見える。ふっくらとしたさみしさはこの歌人特有の抒情だ。また、「素袷のもみうら肌にこゝろよしかろき冷めたさほのあたゝかさ」他二首は『エニグマ』から採られていることも付け加えておこう。

先述したように『幻の華』『几帳のかげ』を出版したのは一九一九年（大八、『几帳のかげ』再版は大九）、この前年一九一八年（大七）に発表したのが『指鬘外道』であった。「私の歩んだ道・柳原白蓮」（神崎清編『現代婦人傳』所収、昭一五）によると、これは雑誌『解放』に掲載した戯曲で、当時、倉田百三の宗教劇『出家とその弟子』が評判となっていた影響を受けて、こちらも話題になったという。それをある劇団で上演することになり、交渉の手紙を受け取ったのが『解放』の編集に携わっていた宮崎龍介からであった。初対面は一九二〇年（大九）、龍介が赴いた別府のあかがね御殿においてであった。その後、二人の間は戯曲の上演を通して次第に近づいていく。

「東京へ出てこないか」「舞台の写真を送ってほしい」とか、手紙の往復をしてゐるうちに、いつの間にか宮崎の手紙は意中を訴へるやうな言葉に内容が変わつて来てゐました。

（「私の歩んだ道・柳原白蓮」）

東京帝大法学部在籍の宮崎龍介は、吉野作造の指導のもとに赤松克麿や石渡春雄などと結成した「新人会」（大七）のメンバーで、社会主義に基づいた人類解放、社会改革をめざし、そのための討論や労働運動などの活動をしていた。『解放』はそうした社会主義を主張する人々の雑誌である。しかし、龍介はブルジョア夫人との交際を仲間に非難され、「新人会」を除名されることになる。龍介の受けたショックとそれに対する白蓮の同情が、却って二人の交際に拍車をかけることになった。

　春と秋二回、きまつて上京する事になつていた私は、さういふ機会を利用して宮崎と東京で逢ひ、京都で逢ひました。元気のいい宮崎は、眉をあげてよく貴族を罵り、富豪を罵りました。さういふ特権階級を倒さなければ、その下で虐げられてゐる民衆の解放はできない、と云ふのでありました。（略）しかし、私自身もまた、貴族や富豪の家で、古い因習の生活のなかに、自由を奪はれ、虐げられてきた女であります。（略）「この人こそ、私を泥沼のやうな境涯から救ひだしてくれる頼もしい人ではないか」といふやうな強い信頼感が、私の胸にわきあがつて参りました。

（同右）

自伝的小説である『荊棘の実』では、「新人会」の友人達から絶交された龍介（宮川）の手紙を受け取り、彼への思いを募らせるところで完結している。しかし、ここでは白蓮が、八歳年下の龍介にどのように惹かれていったか、そのいきさつと白蓮の心の動きが具体的に語られている。古い因習に縛られた、籠の鳥のような人妻とそこから救出したい青年らしい正義感と情熱——。

「香の札」百首は、つまりは白蓮が龍介との恋の成就をひそかに祈願した歌群であったと読み取れるだろう。先に掲げた罪の意識を伴った作、逢瀬を重ねた京都や東京の地名など、大正七、八年から九年にかけての時期とともにことごとく符合する。今までのかりそめの恋、歌のための恋ではなく、確かな実体に裏打ちされた恋であった。この百首は、これまでほとんど注目されてこなかったが、白蓮の歌を考える上で、以上のような意義深い背景のあったことを忘れてはならない。二人の出会いから飯塚を出奔するまでは、わずか二年足らずであった。

第五章　第三歌集『紫の梅』まで

――『指鬘外道』出版前後

戯曲　『指鬘外道』の口絵と扉

一　『指鬘外道』制作の意味

本稿を書き始めた頃、朝の連続テレビ小説『花子とアン』は時代が急速に進み、すでに日中戦争（日支事変・一九三七年〈昭一二〉）の時期にさしかかっていた。白蓮と龍介の長男香織は十五歳、長女蕗苳も十二歳ほどに成長した頃である。しかし、七月初旬よりこの番組の影響を受けて白蓮への関心が高まり、各地の新聞社からさまざまな問い合わせが相次いだ。色紙、短冊を始め写真、書簡類、生原稿などについてである。その一つ一つが資料としてどのような意味を持つのかを、裏付けとなるさまざまな資料に当たりながら回答する事態となった。

その多くは、敗戦直前に香織が戦死し、その直後結成した「悲母の会」が「国際悲母の会」に発展し、さらに「世界連邦運動」と合流して婦人部部長となり、反戦と平和のための講演旅行に全国各地を訪れることになった、その旅の先々で残されたものである。問い合わせは従って、福岡、熊本、山形、長野などの地方紙がほとんどである。勿論、中には確証が得られないこともある。国会図書館や大学の図書館などに何度か足を運んだ。他方では、歌集や歌誌「ことたま」に未収録の歌があったり、日中戦争当時、出征した戦地の兵士とやりとりした書簡が残されていたりなど、資料性の高いものも発見されている。第二次世界大戦後だけではなく、それ以前の戦争に歌人白蓮がどう向き合ったかを知る、大きな手掛かりとなりそうだ。

番組が終盤にさしかかった後もなお、そうした問い合わせが続いている。歌人白蓮の存在が注目されたことを喜ぶとともに、歌人としての後半生の成果を評価するために、こうした機会を大切にしていきたいと思う。

さて、先に初版本『几帳のかげ』巻頭の、「香の札」百首に関しての検討と考察を終えたが、それは白蓮がまだ飯塚に留まっている時代であった。もう一つ大正八年に見逃してならないのは、戯曲『指鬘外道』を『解放』（大正七年十二月号、黎明会機関誌）に発表していることである（単行本は大九・大鐙閣刊）。

「指鬘外道《しまんげどう》」とは、元来仏典に見られる人物名・アングリマーラ（指鬘Angulimala）のことで、別名を央掘摩羅《おうくつまら》とも呼ばれる。本名はアヒンサ（Ahinnsa）。ある時、バラモン教の師匠の妻から誘惑され、それを退けたにもかかわらず、彼に乱暴されたという妻の言葉を真に受けた師匠から、明日より百人の人々を殺してその指を切り取り、鬘（首飾り）にすれば修行は成就すると命じられる。その命令通り人々を次々に殺し、指を切り取っていったが、百人目に出会ったのが自分の母親であった。しかしその母親を殺そうとした時釈迦が現れ、諭されて仏弟子となった、と伝えられる（『佛教大事典』小学館）。

一方、白蓮著『指鬘外道』はどのような内容だろうか。

まず、竹久夢二による「幻の地獄」と題する絵とそれを説明した小文を巻頭に掲げる。小文には次のようにいう。「――もつと血が欲しくばこの私の血を絞るがよい、そなたには疫病の様に嫌はれたこの私でも、夜になればあまたの痩犬共がやつて来て、骨までしやぶるであらう」と。画面は、剣を持ち人々から切り取った指を繋いだ連珠を、首や腰に巻きつけた鴦崛摩《おうぐつま》（央掘摩羅）が中央に、その左右に若い女が殺された人々の中に立つ。いかにもおどろおどろしい地獄絵である。これには、戯曲中の「現世の六」冒頭に記す状況説明をイメージして描かれたもの、という指摘があるが（石川桂子「竹久夢二が装幀した白蓮の本と、二人の交流」宮崎蕗苳監修『白蓮』、河出書房新社、二〇一四・八）、本書の気分や内容を象徴する口絵としてすこぶる効果的だ。次いで、十二頁にわたる「序」に入る。それは、

これは　日に　祈りと　化粧　とを事と／して　一生を終るかの如くに置かれた／果敢ない女の指先から生れたものです　／朝に　夕に　打ち向かふ　最も親しかる／べき鏡ですら　どこやら逆さに写して見せ／てくれる　その偽りならぬ　偽りにも　い／つしか馴れては　唯一の睦まじきものとも／思ひ暮らす　私　夜にもなれば　優しい魂／がそつとかへつて来て　敬虔な祈りへと誘／ふ（以下略。／印は行換え）

という具合に始まる。散文詩風に綴った序文とみなしてよいだろう。これも戯曲の世界へ導入するための工夫の一つと思われる。登場人物と構成は次のように設定されている。

人物

鴦崛摩　過去の前身　大力太子
婆羅門の師　過去の前身　大果王
婆羅門の師の妻　過去の前身　太子を迷はしの女

現世

弟子一、二、三　波斯匿王
少年　釈迦牟尼世尊
鴦崛摩の母　其他

過去世

若き女房一、二、　須蛮女
妖婆　群集の男女
小姓

右の内、現世の部（一～六）のあらすじは先に示した伝えに従って展開されており、仮にここで終了したとしても、釈迦の教えを説く仏典の戯曲化された作品として、新ジャンルへの挑戦と評価されるだろう。しかし、本戯曲の主要部分、白蓮が伝えたかったのは後半の過去世の部分でなかったか。現世から過去世への展開は次の如くである。「現世の六」の最後で世尊（釈迦）によって救われた鴦崛摩に驚いた仏弟子たちの台詞「さても不可思議の結縁、世尊よ、願くは我鴦崛摩比丘の過去の縁を説き給へ」と、それに続く舞台の場面説明の部分「（鴦崛摩合掌しつゝ、目を閉づ、辺り暗くなる、やうやう明るくなり過去久遠の世迦葉仏滅後の世現れ来る）」とあって、「過去世の一」に入ってゆく。

過去世では、右に示した登場人物の過去の前身、つまり鴦崛摩は大力太子、婆羅門の師は大果王、婆羅門の師の妻は太子を迷はしの女として、他の若き女房や妖婆などとともに登場する。その中で特に注目したいのが、「過去世の三」に登場する須蛮女の次のような台詞である。

「それにあの淫楽に耽り、幾人の女の唇に飽いた男の心は、天に従ふ柔らかい清浄な女の魂を土足にかけて何とも思つてはしませぬ、いゝえ、踏み潰したとも気がつかぬのです、この時女が美しければ、若ければ、気高ければいよ〳〵男の無智な虚栄心をあふり立てます、私に一番辛い悪い意地をつのらせます、立派な宝物を極めて手軽にぞんざいに取り扱ふのを人前に誇るのと同じ心で女を弄びます、周囲に人が居れば居る程私の身の立場を失ひます、この悪戯のすんだ後はまるで嘘の様にけろりとして居ます」

須蛮女は不幸な結婚をして、男を怖ろしい存在だという若い女である。女は男の代表である夫が、いかに淫楽的であるか。いかに清浄な女の魂を土足で踏み潰すような扱いをするか、いかに無智で虚栄心が強いかなどと、口を極めて訴えている。これを聞いて女の立場にひどく同情し、その美しさと気高さに早くも心惹かれるのは、まだ女の愛や愛欲を知らない、清浄王子と呼ばれる大力太子である。太子に促されて須蛮女の台詞がなおつづく。

「何と申さうとも私の言葉を共々に受け答てはくれませぬ、果敢ないはした女の末までも、私がいとしう思ふ者は憎み、私の仇は愛しまする、如何な日でも私の身方でないと知つた時の心細さ頼りなさ、せめて女とし妻として当然受けてよい筈の仕合せだけでもと、幾度泣いたかしれませぬ、私がもつと醜く、もつと年をとつて居ましたなら、或はあの人は自分の妻に親切にする事を恥ぢはしなかつたかもしれませぬ、いゝえ、親切でないまでもこんな無慈悲な遊戯を人々に見せつける事だけは、する甲斐もなかつたに違ひありませぬ、私はそれを許し難いものに思ひました、」

ここでも、女は夫が妻であり女である自分にどのような態度をとり、いかに心細く頼りない思い

をさせたかを、縷々述べる。さらにこの二つの台詞に先立つ次の台詞、

「私は知つて居りました、自分の美しさを気高さを、私は天が与へ給ふ私の夫に凡てを許す積りでした、私のした婚姻は元より恋ではなし、愛でもありませんでしたけれども運命に従ふ優しい素直な女らしい女であつた私の魂、ほのかに薄絹に包んで身も心もそつとそのまゝ夫に渡して保護し、愛玩し讃めて貰ふとの願ひで御座いました、なぜならば天があの人におやりと御命じになりましたものを」

右は太子の、これほど美しくかよわい女になぜ夫は無情《つれな》くしたのか、との問いに答えたものである。恋心も愛もない結婚であったが、運命に従う素直な女である私は、天の命ずるままに従ったからだという。須蛮女が太子に語るこのような台詞の一つ一つを読むと、すでに『踏絵』以来確認してきたように、白蓮が当時置かれていた境遇とぴったり重なることに気づく。むしろ境遇そのものであることが明らかであろう。多分に誇張的な表現があるとすれば戯曲であることによる。

この後、「過去世その四」へどのように展開され、結末をどのように迎えるのだろうか。すなわち、太子はすっかり須蛮女のとりことなり、男として生まれてはじめて女への愛欲に目覚めるが、女は太子を拒否しつつ抱かれるところで舞台は暗転、その登場は以後見られなくなる。やがて妖婆

の予言通り、太子は他人の許嫁や花嫁、若い女を夜な夜な連れ来ては、愛欲に溺れる生活に堕落していく。それを憤った民衆によって太子は大果王から引き渡され、ついに打ち殺されるという結末を迎える。最後に世尊により、「汝等よ、この時の大果王は鴦崛摩の師、先に太子を迷はしの女は師の妻、太子は今の鴦崛摩、その時の民衆は殺された今の九十九人の人々である」という説明が加えられて幕となる。

では、登場人物の中で重要な一人、須蛮女は何者だったのか。役割としては、世尊の言う「迷はしの女」に重なる要素を持っている。それは婆羅門の師の妻のような、最初から色仕掛けで誘惑するというのではない。不幸な結婚と男への呪わしさを、切々と太子に訴えるか弱い女として現れ、その美貌と気高さにより太子を魅了し、愛欲に目覚めさせて滅亡に導いていく。結果として「迷はしの女」と考えられるだろう。

しかし、須蛮女を登場させて思いの丈を台詞に語らせたのは、白蓮自身が最も訴えたかった部分であった。須蛮女は白蓮そのものであり、「迷はし」は太子を含めた男全般に対する巧妙な復讐の手段、であったとも受け取れる。飯塚時代、白蓮は写経と作歌を心の拠り所とし、仏典に深い関心を抱いていたことを考えれば、こうした作品の生まれるのは少しも不思議ではない。その背後には、どうしても須蛮女に語らせたかった右のような必然性があったのであり、それを、個の抒情である歌の形式ではなく、戯曲という形で普遍化しようとした、根強い封建制への抗議という点にあったと考えられよう。

そのきっかけとなったのは、当時評判となっていた倉田百三の戯曲『出家とその弟子』（大正六・六月、岩波書店）だった。先にも触れたように、この影響を受けて、『指鬘外道』も話題になったという。倉田百三と白蓮との関わりは、久保猪之吉を介してであった。猪之吉の閲歴によると「大正七年七月、倉田百三が肺結核にかかり、肋骨カリエスを併発し、猪之吉を頼って来福、九州帝国大学医科大学附属病院に約一年四ヶ月通院、柳原白蓮と共に交流が始まった。」とある（『近代文学研究叢書』第45巻、昭和女子大学近代文学研究室、一九七七）。『出家とその弟子』は唯円の『歎異抄』と『聖書』を主な資料として、愛、罪、生死など人間が根源的に抱え苦しむ問題を追究した作品である。単に浄土真宗や親鸞の教えを作品化したものではなかった。白蓮にとって、百三との交流は大きな刺激であり、創作への意欲をかきたてられたに違いない。

こうして生まれた戯曲が黎明会機関誌『解放』（大正七年十二月号）に掲され、やがて創作劇場（『明治大正新劇史資料』）で上演されることになり、それをきっかけとして、宮崎龍介と出会い、文通が始まる次第はすでに触れた。

二　白蓮事件とその経緯

宮崎龍介との初めての出会いは大正九年一月、やがては伊藤家を出奔する事態に発展した。一九二一年（大一〇）十月に決行されたその出奔は、大正天皇の従妹であり伯爵家出身、九州の炭鉱王の妻で「筑紫の女王」と呼ばれる容姿端麗の歌人と、八歳年下で東京帝国大学出身の新進弁護士との、姦通罪をまぬがれ得ない恋愛事件であった。いわゆる「白蓮事件」として世間に華々しく喧伝され、激しい非難、誹謗と羨望、激励、好奇の目をない交ぜにしたセンセーショナルな出来事は、百年を経た今なお少しも色褪せることがない。

「新しい女」を掲げた平塚らいてうの『青鞜』（一九一一年〈明四四・九〉〜一九一六年〈大五・二〉）は、当時の知識階級の女性たちに自立した生き方への目覚めをうながしたという点で、少なからぬ影響を与えたことはいうまでもない。それは、北原白秋が松下俊子との姦通罪で収監される事件（大元）、芳川伯爵夫人鎌子と運転手との心中事件（大六）、原阿佐緒と石原純との恋愛事件（大一〇）、有島武郎と波多野秋子との心中事件（大一二）など、相前後して起きた事件とも通底する、因習にとらわれた社会通念に対する女性の生き方への挑戦として、女性史的にも大いに注目されたのであった。

「白蓮事件」にはさらに夫・伝右衛門への絶縁状を新聞（大阪朝日）に掲載するというおまけつきであった。これは当人の下書きに龍介と「新人会」の仲間で二人を支持する赤松克麿とが手を入れた文面と伝える。世間に衝撃を与えるという目的であった。妻から夫への絶縁状であることに加えて、夫がそれを読む前に新聞紙上に公開するなどは前代未聞のこと。世間を沸かせるには十分すぎるほど効果的であったのは間違いない。その文面がどのようであったか、参考までに抄出しておこう。

御承知の通り結婚当初からあなたと私との間には、全く愛と理解とを欠いてい《ママ》ました。この因習的結婚に私が服従したのは、私の周囲が私の結婚に対する無理解と、私の弱小との結果とでありました。

併し私は愚かにもこの結婚を有意義ならしめ、出来得る限り愛と力とをこの中に見出し度いと期待し且つそれに努力しやうと決心しました。私が儚《はかな》い期待を抱いて東京から九州へ参りましてから十年になりますが、其の間の私の生活は只遣瀬《やるせ》ない涙で蔽はれてゐました。

私の期待は凡て裏切られ、私の努力は悉く水泡に帰しました。あなたの家庭は私の全く予想しない複雑なものでありました。

今更くどくどしく申上げませんが、あなたに仕え《ママ》てい《ママ》る多くの女性の中には、あなたとの間に単なる主従関係のみが存在するとは思はれないものがありました。あなたの家庭の主婦としての実権を全く他の女に奪はれてゐる事もありました。それもあなたの意志であつた事は勿論です。

（中略）

常にあなたの愛はなく妻としての価値を認められない私は、どんなに頼り少《ママ》い淋しい日を送つてゐたか御承知ない筈はないと存じます。

折々私は、我身の不幸を果敢《はか》なんで死を考へた事もありましたが、出来得る限り苦悩と憂愁とを抑へて今日迄参りました。この不遇な運命を慰めてくれるものは唯、歌と詩とのみでありました。愛なき結婚が生んだ不遇と、この不遇から受けた痛手のため、私の生涯は所詮暗い一生で終るものと諦めたのでありました。

併し幸い《ママ》にして一人の愛する人を与へられました。私はその愛によつて今復活しようとしてゐるので御座います。

（中略）

虚偽を去り真実に就く時が参りました。依つて此の手紙により私は金《ママ》力を以て女性の人格的尊厳を無視するあなたに永久の訣別を告げる事にいたしました。

私は、私の個性の自由の尊《ママ》貴を守り培ふために、あなたの許を離れます。永い間の御養育下された御配慮に対しまして厚く御礼を申上げます。

（永畑道子『恋の華・白蓮事件』より）


おおよそ右の如きものであった。飯塚での十年間の生活がいかに不如意なものであったか、この抄出からもうかがい知ることが出来よう。その上、折り返し伝右衛門からの公開状「『絶縁状』を読みて燁子に与ふ」が、大阪毎日新聞の記者・北尾鐐之助による代筆で、四回（十月二十四日〜二十七日）にわたり連載されることになる。伝右衛門は渋ったが、初枝（娘）の婿鉄五郎の許可による事後承諾の形だったという。この方も同様に世間を騒がせたのであった。

　こうした事件の顛末や「絶縁状」「燁子に与ふ」などの資料の掲載に関しては『恋の華・白蓮事件』その他の文献にすでに詳述されており、本稿ではそうした説明を省略することにしたい。ただ、その後二人が生活を共にするまでには、さまざまな障害や困難を乗り越えなければならなかったのは事実である。第三歌集『紫の梅』の世界とその背景を知るためにも、白蓮がどのような環境に置かれ、どのような出来事に遭遇していくのかなど、その動静を次のような箇条書きで辿っておきたい。

〔一九二一年〈大一〇〉〕

・十月九日　夫・伊藤伝右衛門と上京。表向きは燁子の異母姉の夫・入江東宮侍従長が皇太子（後の昭和天皇）のお供をして外遊から帰国した、その大任終了を祝うことにあった。

・十月二十日　伝右衛門京都に発つ。「伊里《いさと》」に二、三日滞在後帰福の予定。燁子は親戚回り。

・十月二十二日　白蓮の失踪記事掲載（大阪朝日新聞）。燁子、二十一日より東京中野の山本安

夫（龍介の父・滔天の友人で弁護士）宅に匿われる。数日後、宮崎家の近くの
一軒家に龍介と棲む。

・十月二十三日　伝右衛門への「絶縁状」記事掲載（同紙二十三日付）。

・十月二十四日　大阪毎日新聞記者・北尾鐐之助の代筆による伝右衛門の「『絶縁状』を読みて燁子に与ふ」を二十七日まで四回連載。

・十一月十一日　白蓮、宮崎家へ。両親と初対面を果たす。滔天は病床にあった。

・十一月二十七日　離婚成立。

〔一九二二年〈大一一〉〕

・一月十六日　龍介の留守中、柳原花子と入江信子に柳原家に連れ戻され監禁状態となる。この状態は場所を変えながら十二年九月一日の関東大震災までつづく。

・三月　柳原義光、貴族院議員辞職。

・五月十四日　麻布笄町の母の家にて龍介との長男を出産。①後に香織と命名。一週間後、香織は兄嫁花子の生家川村伯爵の旧臣・谷廣賢宅に預けられる。

①・六月頃（か）　香織と離され、京都大徳寺近くの尼寺に移される。白蓮が友人に託した龍介宛の手紙により尼寺で再会を果たし、婚姻届を出す。

・七月　龍介が白蓮の居場所に出かけたことを知った柳原家により、京都綾部の中野岩太（父は武営《たけなか》）の別荘に移される。岩太と大本信者・宇城信五郎の手厚い世話を受ける。

・十二月六日　宮崎滔天他界。

・十二月　香織を手元に引きとる。母子はその別荘で海軍の退役軍人夫妻と若き使用人に護られて平穏に一年を送る。①

〔一九二三年〈大一二〉〕

・七月　香織の件につき九州との裁判事件あり。よって東京に戻り本郷元町の中野氏本邸に寄寓し、香織を実父龍介の手元に預けた。①

・九月一日　関東大震災により、中野邸が焼失し駒込の松平邸に避難する。翌日、宮崎家から握り飯と着替えを持たせて見舞いの書生をつかわせたところ、白蓮は龍介のもとに帰されることになり、香織も母・槌子が迎えに行く。柳原家からは安否を気遣う見舞いはなかった。この日より槌子や龍介の兄弟を交えた新生活がスタートする。

・十一月　伊藤家により起こされた燁子の子香織に対する認知裁判は、伝右衛門に精子の無いことが判明し、その実子でないことが証明される。

・十一月六日　華族除籍となる。以後柳原白蓮、柳原燁子の筆名にて文筆活動を行う。

右は主に①『恋の華・白蓮事件』（既出）、②宮崎龍介「柳原白蓮との半世紀」（『文藝春秋』昭四二・六）、③「『柳原白蓮集』の後に」『現代短歌全集』第18巻（改造社、昭六・三）をベースに④宮嶋玲子聞き書き『白蓮　娘が語る母燁子』（既出）、⑤井上洋子『柳原白蓮』（既出）、さらに⑥林真理子『白蓮れんれん』（既出）、などの略年譜（②を除く）を参考として、筆者が作成したものである。なお、箇条書き内にある①は②～⑥の文献には記されてなく①の文献にのみ記されている部分である。この内、大正十二年七月の裁判とあるのは同年十一月の認知裁判のことではないか。この点矛盾する。また、同年七月香織を宮崎龍介の手元に預けたとあるが、②～⑥では九月の大震災後白蓮は龍介の家に入り、香織も槌子が連れ戻しに行ったとされている。とすれば九州から中野氏本邸に戻ってから再び自分の手元に呼び寄せたことになる。

三　白蓮事件後の動きと白蓮の心境

この事件により、ほぼ四十日後には伊藤、柳原家両家の親族会議が開かれ、二つの条件つきで燁子を伊藤家から正式に離縁する運びとなった。条件とは、燁子所有の衣類、宝石、書籍その他一切の調度品を本人に贈ること、燁子名義の土地、家屋、株券などは伊藤名義に変更して、伊藤家に返還することなどである。伝右衛門側にあっては、燁子に対する家族の激しい憤懣や、炭鉱の男たちの復讐に息巻く熱い空気に充ちていたが、燁子の話は今日限り御法度とし、この先その名を出すことを一切禁ずると言い渡した伝右衛門によって、事態はひとまず収束したのであった。いかにも川筋で鍛えた「伝ねむさん」の俠気《おとこぎ》をみる思いだ。また、兄の義光は事件以来、右翼団体からの度重なる脅迫や責任の追及を受けることになり、ついに一九二二年（大一一）三月、貴族院議員辞職に追い込まれている。宮崎家でも毎日のように、「悪党」「国賊」など罵詈雑言の手紙が山ほど舞い込み、暴力団が家の前をうろつき、右翼の壮士が家に乗り込んだりするなどの、片時も油断の許されぬ日々だったと、②の龍介の手記にみえる。中野の山本家にも燁子本人への脅迫や激しい非難、賛否の手紙が寄せられたのはいうまでもない。

　事件後間もない時期の燁子の心中はどのようであったか、測り知れないものがあろう。①には、福岡時代の親友であった久保より江宛てに、「此度のことは昨今の考へではなく生活の安定を持たぬ女が何時出されるかも知れぬという《ママ》不安定ほど辛い思ひはございませぬ。それと自分といふものを没却して十年、ときどき目覚めてくる魂をみつめては泣いてゐる自分の苦い立場、（略）つねに屈辱のはづかしめを受けつつこのあとの何年かを思ふとき、いっそ今の内にといふ決心をしてしまひました。」と出奔に至った胸中を明かして理解を求めている。出奔記事が掲載される前々日の十月二十一日付けであった。

また、二〇一四年（平二六）放映された朝の連続テレビ小説『花子とアン』の影響により、白蓮に関する色紙、短冊、書簡類など数多くの新資料が新聞紙上に報告された。同年八月以来現在に至るまで、筆者も数件に関わってきたが、その一つに十一月二日付け龍介宛ての、次のような書簡がみえる。

（略）御両親様とのご都合もおわるくて〇〇〇貴方はお困りでせうと存じてお気の毒でなりませぬ（略）これからこそ私は本当の人間としての生涯に新生の日も近づいて来るのでございますから何卒私を救って下さいまし（略）

（共同通信社、平二六・一一・一二）

ここでは龍介の立場を心配しながらも「本当の人間としての生涯に新生の日も近づいて来る」と、これからの新生活に大きな希望を抱く姿勢がうかがえよう。同時にまた、「何卒私を救って下さいまし」と龍介に縋る心細さ、不安感など心の揺れも垣間見える。他にも従姉妹の西広子宛に、伊藤家における立場の不安定さを綿々と綴り、「御殿のやふ（な）家にゐて泣きの涙でくらすよりなんぼよいやら」と、事件後の日々に対する安堵感のただよう書簡を送っている（読売新聞夕刊、平二六・一二・二〇）。こうした心の揺れをともないながら、あくまでも龍介との来たるべき日々へ向かって生きようとする姿勢に、燁子らしい芯の強さ、辛抱強さをみる思いがする。

　右の箇条書きの内、移った居所について触れておきたい。先ず大正十一年六月頃、京都の尼寺に移っているが、これは断髪して得度を受けたいという、燁子本人の申し出によるものであったかどうか不明である。しかし、柳原家の監視下であったことに変わりはなかったから、ここから逃れる手立てとしての発言かも知れない。また、大正十一年七月、京都綾部の中野武営別荘への転居は、燁子の兄嫁の実家の勧めにより、大本の出口王仁三郎を通じて依託したもので、信者の宇城信五郎が親身に世話をしたのであった。ところが⑥によると、まだ柳原家に監禁されている頃、宮崎、柳原家の連絡係をしていた老人が大本の信者であり、その教えを乞いたいと言う燁子の願いを入れて、大本本部のある綾部に匿われることになったと物語る。このようないきさつの違いが見えるが、やはり兄嫁の実家の勧めによるものとしたい。続けて⑥には、綾部に訪ねてきた龍介に、香織を抱き上げてみせたと描写する場面がある。しかしこの点にはくい違いがある。出産後間もなく香織は柳原家によって引き離されていたのであった⑤。前述した新資料の内、事件からほぼ一年後に綾部から出した宮崎家宛ての書簡には、

　（略）先達（せんだって）御母様香織を見ていらして下さいました由私も少し安心致しました（略）併しまあ凡てはよい方に向かいつつあるところ故あの子の本当の仕合せもやがてくる日も

近い事と存じます　　（前出、共同通信社）

とあって、香織はこの時点ではまだ共に暮らしていなかったことが確認できるのである。ただし⑤では御茶の水の中野家本邸に移る前に香織が戻されたとする。①によると、同年香織を引き取り一年ほど平穏に暮らした、と述べていてこの辺りが混乱している。

いずれにしても、二人の新生活が出発するまでには、周囲や世間の避難に翻弄され、あるいは応援の手をさし伸べられながら過ごした、懸命な日々があった。ここでは事件後の燁子の複雑な動静について、諸説とともに辿ってみた。

しかし、この間の足取りや場所、それに関わった人物などにはなお不明の部分が多く残る。今後発見されるであろう新資料を待ちたいと思う。それにしても、心身ともに極めて不安定な状況に置かれながら、龍介に対する全幅の信頼と新生活への願いを、最後まで失わなかった燁子の精神力の勁さを思わずにはいられない。こうした尋常ではない日々を経て上梓されたのが第三歌集『紫の梅』であった。

第六章　『紫の梅』
——大震災が拓いた境地

第三歌集　『紫の梅』の扉

一　小題の試みと制作時期

『紫の梅』は一九二五年（大一四）六月二十日、東京四谷の聚芳閣からの刊行である。あとがきに次のように述べる。

> ここに集めた歌三百首は、何れも私の新生涯に入つてからのものである。その以前のまだ本にしてない歌即ち踏絵及び、まぼろしの花、自選歌集の後のものおよそ一千首はノートのまゝかの大震災にあつて皆焼いてしまつたのである。

右にいう大震災とは大正十二年九月一日の関東大震災のこと。その折焼失したものの内、『踏絵』と『幻の華』はすでに第一、第二歌集として刊行されているが、ここにいうのはその歌集に入れなかった歌を指すのであろう。それについて、

> 其の当時は惜しいことをしたやうにも思つたが、後から考えて見るといつそ灰になつてしまつてよかつたと思ふ。それは多く恨ら《ママ》みと呪ひと悲しみの記述でで《ママ》あつたからである。

と、却って灰になったことをよしとし、それは飯塚時代の歌が「多く恨ら《ママ》みと呪ひと悲しみの記

述」であったからだと述べるのである。飯塚での日々がいかに辛くとも、それだけに歌の焼失はむしろ諦め切れないのが当然であろう。しかし、いつまでも拘泥しない点がいかにも燁子らしいと言えようか。あるいは歌という文芸のありようと関わっての発言とも受けとれる。そして次のようにとじる。

今一切の古い衣を脱ぎすてゝすべて新ら《ママ》しく自己の歩みを強く踏みしめて行かうとする時にこの集を公け《ママ》にすることは私の身にとつては意味深いものであらねばならぬ。

伯爵家出身である爵位、贅を極めた大邸宅での生活、華やかな文学サロンの女主人、豪奢な着物など一切を捨てて新しい人生に踏み出そうとした。そうした大きな転機の時期に歌集を公にすることに対し、「私の身にとつては意味深いものであらねばならぬ」と述べ、強い気構えと意気込みを表明しているのが印象的である。もう後には退けぬという思いだ。そうした強さは、新生活への抱負とともに抱いたであろう不安感への、裏返しであったかもしれない。

歌集の総歌数は三〇六首。十五の小題で構成されている。

大地はめぐる（一二一首）　—　非思量　（一三首）

大禍日　（二八首）
ひとり旅　（六首）
むらさきの梅　（十首）
春の夜がたり　（一四首）
幼きもの　（一五首）
おもひで　（三九首）
看護日誌　（一六首）

旅ゆく人　（一九首）
年のくれ　（四首）
新春　（二五首）
魂はかへる　（三五首）
尼僧院　（七首）
春より夏へ　（四三首）

小題を付けるようになったのは、第二歌集『幻の華』からであったが、必ずしもそれが徹底されているとは限らなかった。たとえば、後半の「春より秋へ」五九首、「几帳のかけ」六〇首、「旅路」五二首、「仇なる花」一三二首、などのような大きな歌群への大まかとも思える題の付け方が見られたからである。当時の歌集の編纂方法に習ったのであろう。因みに、佐佐木信綱の第一歌集『思草《おもひぐさ》』（一九〇三年〈明三六〉）では小題が一切なく五五〇首を並べている。

この点に関して佐佐木幸綱は、「旧派の歌人たちの、いわゆる『家集』から、近代短歌の『歌集』への模索期に当たるわけで、このようなスタイルもまた一つありえたわけである。」（『現代短歌』）と述べているのが参考になる。つまり、近代歌集の編纂の主流である章立てや小題を持った、いわゆる主題分け歌集や編年体歌集の他に、もう一つ小題を持たない伝統を踏襲した編纂方法があったと考えているのであろう。

白蓮の第一歌集『踏絵』も、やはり最後まで切れ目なく並べられた一巻であった。信綱が自らの編纂方法を門下の歌集にも適用したのは言うまでもない。第二歌集『幻の華』の場合は、まだ「心の花」の所属ではあったが、燁子自身が編纂したのであっただろうと思われる。『幻の華』の作品は「心の花」に「幻(まぼろし)の華(はな)」と題して毎回掲載されたもので、いわば四八八首全体が小題を持たない歌集名そのものである。そこに敢えて小題を試みたのであった。しかしながら、「几帳のかけ」や「仇なる花」のような歌群には、『踏絵』的な編纂方法のなごりも見られる。これ以上新たな小題に分けられない内容が、必然的にそうさせたと言った方がよいかもしれない。つまり、燁子の持つ旧派的な部分がこうした面からうかがわれるのではないだろうか。

右のように一まとまりごとに主題を付けて整理されたのは、従ってこの歌集が最初である。次の第四歌集『流転』になると、小題は二八(最後の「放想」は同題で一〜三)となり、主題に即して付けた小題であることが、明らかである。出奔事件以後、信綱や「心の花」への作品掲載には遠慮せざるを得なくなったが、同時にそれは、否応なく燁子を独り立ちさせることにもなったのである。そうした意識のあらわれが『紫の梅』の編纂方法であった。

なお、制作順序は部分的に前後しているが、ほぼ編年体と見られるだろう。歌集名は小題「むらさきの梅」に因んでいる。先ず、巻頭の「大地はめぐる」は次のように始まる。

あゝけふもうれしやかくて生きの身のわがふみてたつ大地はめぐる
われを生む神の使命の何ぞともおもふ目にしむ大空のいろ
捨てられてわれにかへりしいのちにも嬉しやこよひ春の雨ふる
あなたふと尺にも足らぬ水の面に月はまどかに影おとしきぬ

辛酸をなめた二年近い流浪生活の末に、ようやく龍介と香織と共に暮らせる日々が訪れた。巻頭歌には絶望の淵から生還したよろこびがいっぱいに溢れている。いかにも新生活を始めるに当たっての巻頭に置くにふさわしい一首目だ。三首目には自らの命を「捨てられてわれにかへりしいのち」と詠うが、この一連二二首全体に共通して歌われているのは、そうした「命」である。めぐる大地、大空のいろ、春の雨、月影など、移り変わる季節や時間の中でしきりに「命」が登場する点に注目したい。それは循環する自然の中で、自分の命もまた生かされているというとらえ方である。二首目の「われを生む神の使命の何ぞとも」には、自分の命は神の何らかの使命によってこうして存在するのであり、けして自分の為だけのものではないことが暗に示されている。四首目では、小さな水面にまどかな月影がふりそそぐ情景に対して、「あなたふと（尊）」と言わずにいられなかったのは、月影の美しさに感嘆したばかりではなく、水面を自らの命そのものと観じたからにほかならない。宗教的境地とも思えるような、自然に対する自らの命の、謙虚で慎ましい受け止め方であろう。

人の世に許さぬものをあめつちの永久のいのちと生れしやこれ
火と水とひとつに抱く女には罪とまことのあやめもしらぬ
恋に克ち人にかちたるちからもておほけなきかな女のねがひ
妖星はそらの一隅にあらはれてかけめぐるなり音なき夜を
とき得たる謎のひとつをいのちにて三年にすぎぬ雄たけこゝろに

先に示した作品に交じって、一連には抽象的な傾向の作も多く見られる。「人の世に許さぬもの」「火と水とひとつに抱く女」「（おほけなきかな）女のねがひ」「とき得たる謎」など、具体的な何を言おうとしているのか理解しがたい。いわゆる白蓮事件前後のいきさつを動員してはじめて、見当がつけられる部分であろうと思う。罪の意識を引きずり、恋の勝利を力とし、或いは妖星の不吉な前兆に不安感を抱き、などのように複雑な思念のこめられたものであることに気づくのである。仮に具体的に表現すれば煩雑なものになっただろう。つまりそれは飯塚での十年とその後の二年から、新生活をはじめるための橋渡しとして、やはり必要な部分であった。このように考えると、「とき得たる謎」の一首、——飯塚を脱出するまたとないチャンス、それは未だに謎の一つでもあるが、それを支えとして三年近い月日を強い心で生きてきた。——を一連の末尾に配した意味がよく理解できる。

本歌集の制作時期についてはあとがきに記す通り、大部分は「新生涯に入ってからの」作品を収めている。従って、飯塚出奔以後、居場所を転々としたほぼ二年間のものは未収録である。この間の煒子のいい知れない不安感、動揺は、前章に示した書簡からもその一端が読み取れるが、折々に書き残したであろう作品にそれが見られないのは、ひどく残念である。しかし辛うじて、巻頭に近い「大禍日」は大正十二年九月の関東大震災に遭遇しての作であり、次の「ひとり旅」もその内容から考えられるように、新生活に入る少し前の作であることが知られる。

小春日の暖かき浜に一人して君を思へり吾子をおもへり
君と見し酒匂の浜も思ひ出づ今ぞ恵まれしこの身なるかな
病む人よ此宵しつかに夢にこよ波のとほ音のまぼろしに来よ

「ひとり旅」六首の内の三首。小春日の頃海辺に一人旅をする機会に恵まれたらしい。しかし、片時も心から離れないのは夫の龍介や長男香織のことであった。結核を病む龍介にはことに心を痛めていたのである。その哀切な思いが三首目に余すなく伝えられている。推察の域を出ないが、比較的自由な環境に置かれていたところから考えると、その時期は京都綾部に移っていた頃だろうか。綾部には大正十一年七月から同年一二月まで滞在した。その後、同年十二月東京御茶の水の中野家本邸に移され、翌年九月関東大震災に見舞われた。すると小春日の頃は大正十一年の秋、綾部に滞在中の時期ということになるだろう。

もう一つ、翌年の関東大震災に際しての一連が「大禍日（おほまがつひ）」であった。

二　「紫の梅」の「むらさき」という色

小題の順は前後するが、歌集名に因む「むらさきの梅」について触れておきたい。

まどかなる夢のごとくもかよい《ママ》来ぬ匂ひめでたきむらさきの梅
待つ人もまたるゝ人もなき身ぞとおもふにかろき梅が香ぞする
人の世はおもしろきかなかにかくにわれまだ生きてうめの花見る
いにしへの唐のきさきもめでしとふ紫の梅を我庭に見つ

一連に流れるのは、紫色の珍しい梅をこよなく愛でるゆったりとした気分である。それはようやく移り住んだ家の庭に咲いていたという。とりわけ三首目ではそうした気分を通して、今ここに自分がこうして存在することの不可思議さ、人の世のいいしれぬ味わい深さを、しみじみと噛みしめている思いが歌われている。それは二年近きにわたる、辛酸を嘗めた流浪生活の後であればこそ得られた思いであっただろう。

ところで、白蓮が愛でた香りよく紫色に咲くこの梅の花は、どのような種類だろうか。十首中にも「はる〳〵と唐使がもてる洛陽の梅かもこれはむらさきの花」とあるように、梅は元来中国からの渡来種であった。梅には花梅と実梅があり、日本では特に江戸時代に多くの品種が育成、改良され、現在では三百種以上にのぼるとされている。その中で白蓮のいう、いわゆる紫の梅はどの種類を指すのだろう。これに該当する梅を特定することは非常に困難だ。花の色を紫と説明する種類が、まず見当たらないのである。

梅の種類は「野梅系《やばいけい》」「緋梅系」「豊後系」に大別される。さらに「野梅系」に四種、「緋梅系」に三種、「豊後系」に二種の計九種類の系統に別れる。この内、色と香りの特徴に近い花梅を探してみると、「野梅系」の中の「野梅性《やばいしょう》」か、または「難波性《なにわしょう》」がほぼこれに近いとみられる。「野梅系」は野梅から変化した原種に近く、中国から渡来した梅の子孫といわれ、全体に小ぶりで非常に香りがよいとされる。その系列に入る「野梅性」も当然原種に近く、細い枝、小ぶりの葉、花は白また淡紅色が多く香りが高い。また、同系の「難波性」もやはり小ぶりで枝細く、丸葉、淡紅色、花の香りがよいということである（「南部《みなべ》川村うめ振興館常設展示図録」をもとに作成した月向農園ｗｅｂ「なんでも梅学」による）。

このようにみてくると、「野梅性」と「難波性」の共通点は全体に小ぶりであること、淡紅色の花の色、香りのよいことなどが認められるが、どちらかといえば、原種に近く香りの高さという点で、白蓮が愛でたのは「野梅性」に類した梅の花ではないかと推定される。淡紅色と薄紫ならば近似していよう。確証はないが、「むらさき色に咲く梅の花」というとらえ方は、白蓮独特の美的感性によるのかもしれない。

「むらさきの梅」十首は歌集全体の中でみれば、特別な印象を受ける一連とはいいがたい。しかし、歌集の題名としてわざわざこのことばを選ぼうとした背後に、新生活に入って間もない白蓮の、身も心も癒やされるような、何ものにも代え難い心情を汲み取ることが出来るのである。そしてそれは、歌集全体に流れる穏やかな気分を象徴してもいるだろう。その意味で「むらさきの梅」は大切な一連であった。

三　「大禍日」——関東大震災詠

さて、小題の二番目にあたる「大禍日」は、時期的には「ひとり旅」と同様に歌集中早期の作品である。すでに触れたように、それは大正十二年九月一日、関東大震災に遭遇した折の、つまり、白蓮が東京御茶の水の中野邸に移されていた頃のことであったからで、これを期に龍介や香織、宮崎家の人々との、新たな生活に入る機会に恵まれたのであった。

ゆりかへしまたゆりかへす地ひゞきに兢々として夜もいねられず
何方ぞ火は焔えさかる悲しくも人声遠くそらにきこゆる
はらからはわが名を呼ばず火に追はれ二日三よさを野にふせる日も
火のほてり大地のゆるぎまだやまぬそのなかにして吾を呼ぶは誰ぞ
夜となれば西も東もみんなみも紅々ともゆ（燃ゆ）たゞおそろしき
いたづらに火焔の方をながめつゝ知れるかぎりのいのちかぞへぬ
針一本糸一尺ももたぬ身のいのちひとつを獲てかへり来し
いまこそはわが魂を手のひらのくぼみの中に入れたるこゝち
雨降れば今宵焼野にすてられしなき魂まよふ声かとぞおもふ
天地も泣きぬ愁ひぬかゝる日のわか（が）かげたふとおほけなけれど

（ ）は筆者

二八首中十首を右に掲げた。平成二十三年（二〇一一）三月十一日の東日本大震災の折、右の大震災と歌人たちの震災詠がしばしば話題にされたのは、記憶に新しいところである。白蓮の震災詠についてはあまり知られていないが、すでに述べたことがある。大震災は一日正午前に発生した。相模トラフ沿いの断層を震源とするマグニチュード七・九の強震であった。死者・行方不明者合わせて十万五千人余りにのぼるという。特に京浜地帯は壊滅状態であった。

　折口信夫はこの震災を沖縄、台湾から門司港を経て帰ってきた神戸港で聞き、四日に帰港した横浜港から徒歩で一日かけて清水町（下谷区谷中、現・台東区）の家に帰った。途中、韓国（朝鮮）人の暴動が噂され、警戒に当たっていた自警団の者に韓国（朝鮮）人と間違われて尋問されたという。

　白蓮にとってもこの体験がいかに衝撃的であったか、抄出した十首からでさえ、今なお生々しくリアルな印象を与えずにはおかないだろう。大揺れに揺り返す大地、その後に続く余震、火災に逃げ惑う恐怖、不安感、先行きへの心細さ。今さらとはいえ、実家の柳原家からは安否を問う使いさえなかった。そのただ中にありながら、震災の現状と自己と周囲をつぶさに見届けようとする、歌人白蓮の姿が浮かぶ。

　降り出す雨の音に、焼け野にそのままにされている死者のさまよえる魂の声を聞き、まだ鎮火せぬ街の焔を眺めながら、「知れるかぎりのいのちかぞへぬ」と歌う。その中には龍介は無論のこと宮崎家の人々、師・信綱や「心の花」の歌仲間、そして村岡花子など親しい友らがいたに違いない。

そうした一人一人の安否を気遣う思いとともに、一方では、火焔も地震も収まらない中ではたして聞こえたのか、どうか。多分そら耳であろう「吾を呼ぶは誰ぞ」は、何とも哀切にひびく。龍介の救いをひたすらに待つ心細さがこのように歌わせたのであろうか。さらに、着の身着のまま辛くも助かった己が命を「針一本糸一尺ももたぬ身の」と歌う具体的なことば選び、また、あらためてその魂を確認するべくおのずから生まれたような、「手のひらのくぼみの中に入れたるこゝち」の比喩など、優れた表現をここに見ることが出来る。

　予想だにしない大震災、という危機的状況に直面した点も考慮しなければならないが、少なくともこうした作品からは、前二歌集にありがちな、自分の中に閉じこもった思いによる発想ではなく、対象への具体的な描写の姿勢とともに、客観的態度を身につけつつあることを確かに見て取れるだろう。白蓮が身を寄せていた中野邸は焼失し、避難した駒込の松平邸に、宮崎家から見舞いの使者が訪れたことによって龍介のもとに返されることになった。香織も龍介の母・槌子が迎えに行き、あれほど待ち焦がれていた新生活が、宮崎家の家族ともどもようやく始まったのである。

　関東大震災は白蓮にとって、出奔後の余儀なくされた流浪生活の総決算ともいうべき過酷な体験であった。しかし、ふりかかる数々の試練によって獲得したものは、確実に白蓮の血肉となったのであり、表現者としての歌の表現は何よりもその貴重な一つであったといえる。

※引用の歌集は国立国会図書館所蔵のデジタル画像による

四　育児、看護生活

月を見る幼き人のよろこびにさびしかりつるきのふをおもふ
意味をなさぬ幼き人の唄声もいつか言葉となりて日をふる
母は好きと頬をよせてくる幼子の小さき顔に日のてりはゆる
父ありて母ありてなほ祖母ありて愛の中なる子に涙おつ

右は「幼きもの」（十五首）より。幼き人、幼子は飯塚を出奔後、居所定めなく辛酸をなめつつあるさなかに出産した（一九二二年〈大一一〉五月）長男香織である。龍介との確かな絆であり、そのために辛い日々にも耐え得たのであった。いずれも、かつては思いもしなかった香織との、夢のような幸せにあふれた作だ。幼子の日々の成長に母親になったよろこびと、母親としてのこまやかなまなざしが伝わってくる。しかし、手放しによろこんでいるのではない。「さびしかりつるきのふ」があってこそ父母や祖母に囲まれた「愛の中なる子に涙おつ」るのであり、そうした幸せをつつましい思いで実感しているのである。「今更のよう《ママ》にかたへに眠る子をひれふすごときおもひして見る」とも歌うが、「ひれふすごとき」にもその思いがにじみ出ていると言えよう。飾り気なく素朴で、時にストレートなことば遣いは、『踏絵』や『幻の華』などには見られなかった大きな変化である。

はる〳〵と鉄路を見ては涙せし南の国の小さき停車場
泣くときはいつもかくれしあづまやの庭の木立も秋くるらんか
神に縋り仏を念《ねが》ひかくてなほゆるされざりし業の深き身
コスモスの花の散るたびおもふかなしばしかくれし落魄のやど
われとわがこゝろしみ〴〵いたはればあはれはたちのかげの来て泣く
虫のこゑ落葉の風に追憶はみだれてちるよむさしのゝはら
秋風や京のみ寺のいらかにもふれて来しやと夕雲を見る
夜の雨わすれてきぬるこしかたのゆめもしづかにあゆみよるやみ

「おもひで」（三十九首）より。小題が示すように、居所を転々とした寄る辺ない日々の心情にふれて歌われている。季節は秋の頃。「われとわが……」のような自愛的な作も見られるが、一連に流れるのは、当時の自分自身を静かにかえりみている、しっとりとした抒情ゆたかな気分である。「神に縋り……」では、神仏にどのように縋り祈ろうとも、自分はけして許されることのない業深き者だと、深い罪の意識を歌う。前夫伝右衛門に背いて龍介のもとに走ったことを指すのであろう。

白蓮が早くから抱いていた、人間は生来業深い者としての仏教に基づく意識にもよる。この意識は作歌のみならず、以降の人生におけるさまざまな活動の底流をなすという点で、憶えておきたい一つである。

みとりすれば離れ小島にある心地淋しけれども心足らへる
地震ありて銀座の街もまだしらぬ病者に侍べりこの春もゆく
病める人幼きものゝ中にゐてこゝろひまなくけふもくらしつ
ひと一人みとりしゐればひるも夜もきのふもけふもあらですごしぬ
氷わるその手ぬくめて大なる瀬戸の火鉢をかい抱きけり

「看護日誌」（十六首）より。関東大震災以前から肺結核を患っていた龍介は、新生活を始めてもやはり病状は長引いていたらしい。一首目には、看護に明け暮れる日々の淋しさを嚙みしめる一方、自分の手で看取れることに対して満足を覚えている、妻らしい幸せも歌う。氷を割る手を火鉢に温めたと五首目に歌われる季節だから、大正十二年末から翌年春にかけての頃だろうか。母として香織の育児も抱えながらの生活であった。しかもこの時期、一家の生活費は白蓮の執筆による原稿料一つにかかっていたのであったから、その苦労は並大抵ではなかっただろう。この頃の事情を龍介は次のように述懐している。

震災の翌年には父が亡くなり、大変な借金を残していました。その後始末がある。私自身も燁子とひきはなされて苦しんでいた。それやこれやでまた肺病がぶりかえしたもののようでした。ですから燁子はわが家へくるなり幼い子をかかえて私の介抱もしなければならない。生活費も燁子の原稿料で細々と食いつないでいくという苦しい生活が三年ばかりつづきました。

（『文藝春秋』一九六七年〈昭四二〉六月号、筆者注：滔天の死去は震災の前年、大正十一年十二月）

まさに「ひるも夜もきのふもけふも」ない生活であった。睡眠は四時間くらいだったという（「ことたま」一九五八年〈昭三三〉五月）。しかし、大正十三年には『則天武后』を刊行し、吉原の娼妓を保護して自由廃業の運動なども行うという活動ぶりだったのである。一連の末尾には「病上り初めて街にゆきし人に夜風寒やといひて戸を閉づ」とあって、龍介は快方に向かっていたことが知られる。

五　「非思量」――思索的連作

おほけなくも樹下石上にある心地数ならねども冥加あらせたまへ
三千大千世界の中のひとりと身をなして此の世をかりのよとは思はず
天上も地上のごときたゝかひのありやあまたのほしみだれとぶ
涙とは地上一人のなげきかも落葉は雨は誰のなくらん
月の色水の音さて虫の声こよひはさびし人の子のはは

「看護日誌」に続く「非思量」（二十三首）より。「非思量」とは聞き慣れない言葉だが、禅宗の仏教用語で、通常の思考に伴うとらわれを脱した状態での思量をいう（『佛教大事典』小学館）。あるいは、思量にとらわれず、一切の束縛から解き放たれた自在の境地ともいう（『広辞苑』）。そのせいか一連には、樹下石上、冥加、三千大千世界、仮の世などのほか、三昧、出山、釈迦、蓮華、末法、聖者などの用語が目立つ。季節は晩秋。一口にいえば、秋風、虫の音、月光、落ち葉、雨などに寄せた思索的連作だろうか。

一首目、「樹下石上」とは山野路傍に露宿する場所で、出家行脚の境涯を意味する。私は取るに足りない身ではあるが、出家行脚に在るような世間的な人間の欲を捨てた心情である。どうぞご加護を下さるように、というほどの内容であろう。白蓮の仏教的世界への関心は、最初の破婚後、実家に祈禱に来た日蓮宗の行者に出会って以来である（『棘荊の実』『火の国の恋』などの記述）。飯塚時代もさまざまな写経に没頭している。ここでは、飯塚出奔後の辛い日々を脱してたどり着いた、現在の心境を詠んだものか。それとも、こうありたいという願いであるともとれる。

二首目、「三千大千世界」はわれわれの住む世界全体を指す。その中の一人として生きて、私はこの世をけして無情ではかない仮の世とは思わない。「ありと見てけさはあとなき落葉さへ無情と説くをいまは願はず」も類想である。この世を仮の世、無情と見るのは、早い時代から人々に浸透した仏教的な見方である。白蓮もそのように思ってきた。しかし、ここではそうではないと、はっきり否定している下句の部分に注目したい。つまり、無情であったとしても、現実そのものを確かに受け止めようとする意識が認められるからである。それは家族を得て自分の足で歩き出した白蓮が、自ら掴んだ実感でもあった。小題「非思量」の意図するところが、この一首をみてもよく理解できよう。

このようにみてくると、三首目の、星の乱れ飛んでいる様子（流星のことか）に、天上界でも地上のわれわれと同じように戦いがあるのだろうかと歌うのも、いかにも白蓮らしい大きく自由な発想である。現実離れをしているようだが、実は地上の現実を憂えた一首でもある。その意味では四首目にも共通するものが見られる。私の流す涙は一人の個人的なものであるが、このおびただしい落ち葉やしきりに降る雨は、一体誰が泣く悲しみの涙であろうと、落ち葉や雨に托して不特定多数の人々の悲しみに思い及んでいる点である。何より一連は、「天国はきたるといひて数千年人のなみだのいまだかはかぬ」から始まっているのであった。こうした個を超えた他者への心寄せは、仏教的な教えからの影響はいうまでもなく、同時にやはり、二年近い流浪生活を経て現在に至る日々から得た歌境であったととらえたい。

数首を掲げるにとどめたが、注目したい作品はそれほど多くはない。それでも「非思量」を支えるに充分な数であり、白蓮の特徴を示す作品群であるといえよう。

なお、他に六つの小題を残しており佳作も少なくないが、別の機会にあらためて触れることにしたい。

見てきたように、『紫の梅』は龍介と香織、その家族との新生活がスタートして、ほぼ三年間の作品集であった。精神的にはよろこびも多く、穏やかで落ち着いた心境ながら、現実は厳しい生活にさらされた日々であり、それが作品に如実に投影されている。作風には、従来の心象的傾向からしだいに現実を見る眼が備わり、具体性が加わって説得力を増してきている。次の第四歌集『流転』ではどのような展開をみせるのだろうか。

第七章　第四歌集『流転』

——生涯を貫く抒情として

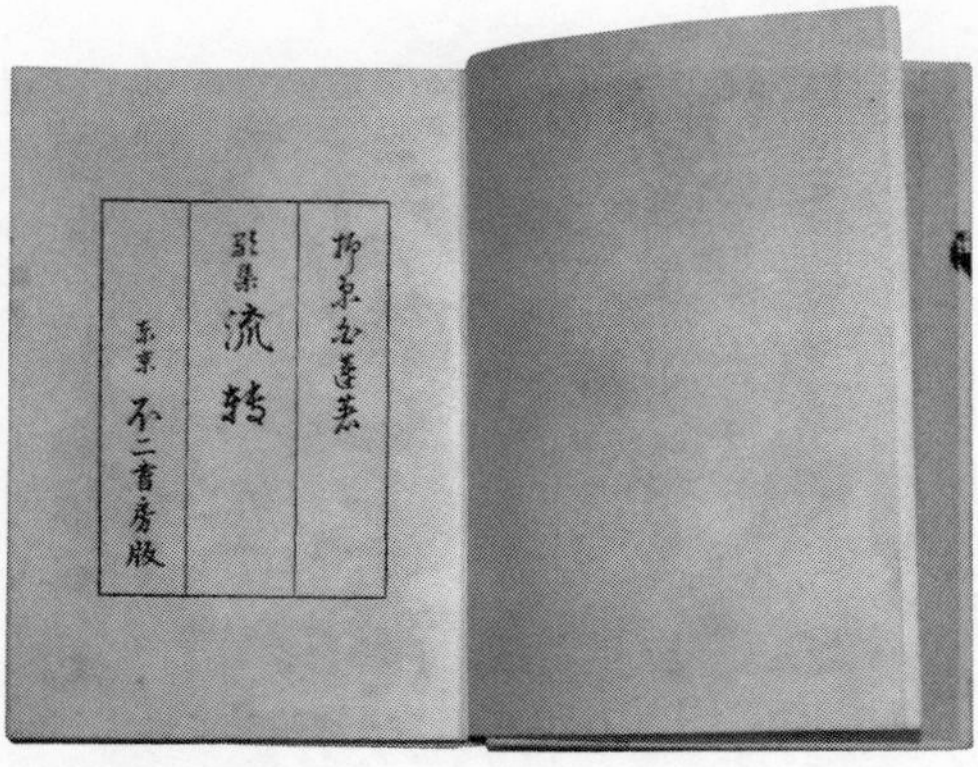

第四歌集　『流転』の扉

一　『流転』出版の頃および宮崎家家系図

『流転』は一九二八年（昭三）五月の刊行である。前歌集『紫の梅』刊行後ほぼ三年という間隔は、やや短いかもしれない。また、同年七月には『筑紫集』（『踏絵』『幻の華』『几帳のかげ』を収録）、九月には自伝的小説『荊棘の実』、小説『恋愛懺悔』など矢継ぎ早の刊行が続く。雑誌では同年創刊の『女人藝術』に短歌の発表をしており、多忙ながら充実した執筆活動の日々がうかがわれる。長女蕗苳が誕生して（大一四・九）二児の母となり、献身的な看病の甲斐あって夫龍介の結核も快方に向かいつつあるなど、妻としても母としても幸せな時期であった。

これより前、龍介は東大法学部卒業後弁護士となり、中央法律相談所に所属する。その一方で独立労働協会を結成し、続いて社会民衆党の中央委員に就任するなど、早くも復帰活動を開始している（大一五）。また、松岡駒吉とともに中国を訪れて蔣介石と会談し、社会民衆党と中国国民党との連携を図るなど、活発な動きをみせている（昭二）。しかし、一九二八年（昭三）の第十六回衆議院議員総選挙に、社会民衆党から出馬したものの、結核の再発によって落選してしまう。この折、白蓮も選挙運動に立ち、その資金集めのために歌の色紙や短冊を売って協力を惜しまなかったのだった。『流転』の背景には、このように内外ともに、極めて濃密な時間が流れていたのである。

本歌集の内容に入る前に、ここで宮崎龍介とその家系についてあらためて紹介しておこう。

宮崎龍介は一八九二年（明二五）十一月、熊本県玉名郡荒尾町（現荒尾市）に生まれた。父虎蔵（滔天）と母槌子の長男である。弟震作、妹節子の三人兄弟であった。彼が衛藤瀋吉と共に校注した宮崎滔天著『三十三年の夢』（平凡社、一九六七）では、巻末に記した「父滔天のことども」によって、宮崎家がどのような家柄であったかを知ることができる。

それによると、龍介の祖父長蔵は撃剣の達人であり、明治維新の前後、武者修行のため諸国行脚をしたといわれる人物であった。また、祖母佐喜（サキ）は封建思想と自由民権の気を滔天らに吹き込んだという。虎蔵はその十一人兄弟の末子であり、長兄真郷（八郎）は明治初年自由民権を提唱し、西南の役では郷党と共に薩軍に加わって、八代で戦没した。その他の兄弟も多くは夭折しており、後年まで生きたのは姉二人と兄二人、そして滔天の五人であった。兄の一人民蔵は早くから土地問題に関心を持ち、土地復権会を組織してその運動に没頭したが、これは後に孫文の三民主義に影響を与えたといわれる。もう一人の兄彌蔵は、滔天が志した中国（原文は支那、以下同）革命運動における骨肉の同志であった。二人は世界の現状の不合理を改めるには、先ず中国の革命を実行し、その力で世界を理想的に改革する事が自然であり、最も実現可能だとする考えからであった。

その資金調達のために二人はあらゆる苦労を重ねたのだったが、家族の生活費に関しては一切顧みなかったという。槌子は縫い物や貝殻で石灰を作る仕事などで生計を立て、龍介たちも貧しい少年時代を送っている。しかし、彌蔵は急逝してしまい、その後民蔵が運動に協力することになる。

孫文、黄興らを助けての革命運動の前哨戦ともいうべき恵州事件の、二度にわたる失敗を経て、滔天らはやがて実行される辛亥革命（一九一一年）の大きな基礎を築くに至ったのであった。辛亥革命によって南京政府が成立し、孫文は臨時大総統に選ばれ、共和制を宣言して中華民国が誕生する。黄興は大元帥に任ぜられている。母槌子の「中国革命の思出」（「東京毎夕新聞」掲載の口述筆記）を含む龍介のこの長文を、辛亥革命までの中国革命裏面史と自ら述べているが、同時にそれは、滔天を中心とした宮崎家の歴史そのものでもあったといえよう。龍介はこうした環境に生まれ育ち、父の情熱的で行動的、何事にも一途な面を受け継いだ人生を進むことになる。

一方、槌子の実家前田家についても知っておきたい。槌子（槌とも）は一八七一年（明四）前田案山子（本名覚之助）とキヨ（永山）の三女として、熊本県玉名郡小天《おあま》村（現玉名市天水町小天）に生まれた。兄弟姉妹は七人。異母兄弟として、林はなとの間に二人の男子がいる。同家は代々広大な農地を所有する資産家であった。

安住恭子著『「草枕」の那美と辛亥革命』（白水社、二〇一二・四）によれば、父覚之助は熊本藩主細川韶邦《よしくに》の側近であり、九州一の槍の名手、藩随一の剣豪として藩主の護衛を務めてきた武道の家柄であった。しかし、維新後、藩の禄を離れて武士の肩書きを下ろし村人に尽くすため小天村に帰郷した。案山子と名乗ったのはこの時である。儒者を招いて自ら学問をし、子どもたちのための学校や高等教育のための私塾「蒙正館」を作り、地租改正の理不尽さと闘い、やがて熊本の自由民権運動の中心的存在として奔走し、帝国議会議員になっていく。一方、武道の家柄として、子どもたち兄弟は男女の区別なく剣や薙刀、小太刀を仕込まれたという。

槌子はこうした環境の中で伸びやかに育ち、梅花女学校（後の梅花女子大学）に学ぶなど、新教育を充分に受けた良家の子女であった。聡明で活発な少女だったらしく、十一歳の時、岸田俊子の演説会で演説をしたという。滔天は十八歳の頃、毎朝海岸を馬で走る美しい彼女に、強く惹かれたのであった。母キヨは熊本の街に生まれ、小町と呼ばれるほどの美人だったらしい。槌子のすぐ上の姉卓《つな》は夏目漱石著『草枕』のヒロイン那美のモデルとしてよく知られるが、槌子も母に似た美人だったのである。卓は後に滔天らの運動に参加し、辛亥革命に関わることになる。

以上のように龍介の父方、母方ともに共通する点は自由民権運動の時期と相俟っての、民衆のための社会改革や労働運動であり、その実現に向かって懸命に進もうとする強い信念と気概であった。筋金入りの社会運動家の血筋である。龍介が東京帝大在学中から吉野作造の指導のもとに、赤松克麿や石渡春雄らと「新人会」を発足させ、社会主義思想を学ぶ一方で労働運動に参加するなどの活動に情熱を注ぐのも、自然なこととうなずけよう。やがて、彼が編集に携わった雑誌『解放』の、文芸部門に掲載された戯曲『指鬘外道』が縁となって、二人は出会うことになる。その経緯はすでにみてきた。また、結婚後の本歌集と重なる時期の活動についても先に述べた。（宮崎、前田両家

の家系図は本項の末尾に掲載）

さて、『流転』（不二書房、昭三・五・二五、署名柳原燁子）はどのような歌集だろうか。「集後小記」に次のように述べる。

（前略）苛けられた運命に盲従しつゝ生きなければならなかつた頃から、それから遁れ出ての苦闘の巻へ、そして只今は二人の児達の母親となつて、それ等のものゝ行先を見やうとしてゐる私の比較的に落ちついた今日の境遇までを歌の世界に寄せて見たものが即ちこの歌集であります。

右のように、比較的落ちついた時期の歌集としているが、それにもかかわらず、歌集名を「流転」とした理由についてはこのようにいう。『踏絵』の頃から次々に経てきた流転の生涯が、現在に至るまでのすべての気持を物語るものであるからだ、と。つまり、流転の日々が彼女にとっては一時期の、限られた期間を意味するのではなく、現在もなお内包する意識としてとらえたことによる命名であった。巻頭の小題はその名も「流転」、一首目に次の歌がみえる。

思ひきや月も流転のかげぞかしわがこしかたに何をなげかむ

宮崎家系図

長蔵（正賢）
＝佐喜（永屋）

- 武平（＊龍介記「父滔天のことども」にはなし）
- 八郎（＊龍介記では長男、西南の役にて戦死）
- 留茂
- 伴蔵
- 富
- 兵蔵
- 左蔵
- 民蔵（＊土地復権会を組織）
- 彌蔵（＊虎蔵とともに中国革命を志すが、急逝）
- ○名前不詳（＊龍介によれば十一人兄弟、井上著では十人兄弟）
- 虎蔵（末子、滔天）

前田家系図

- シゲ（長女）―真太郎
- 下学（長男）―栄太郎
- 清人（二男）
- 卓（二女）―（利鎌）養子

栄太郎＝ツネ
―佑子

※宮崎家家系図については、宮崎龍介記「父滔天のことども」（『三十三年の夢』巻末）と、井上洋子著『柳原白蓮』（関連資料）を参考にした。（＊）内は筆者の加筆。また、前田家家系図に関しては、安住恭子著『「草枕」の那美と辛亥革命』に拠った。ただし、龍介の弟妹、および柳原燁子と龍介夫婦の系図の内、長男香織については筆者が加筆した。

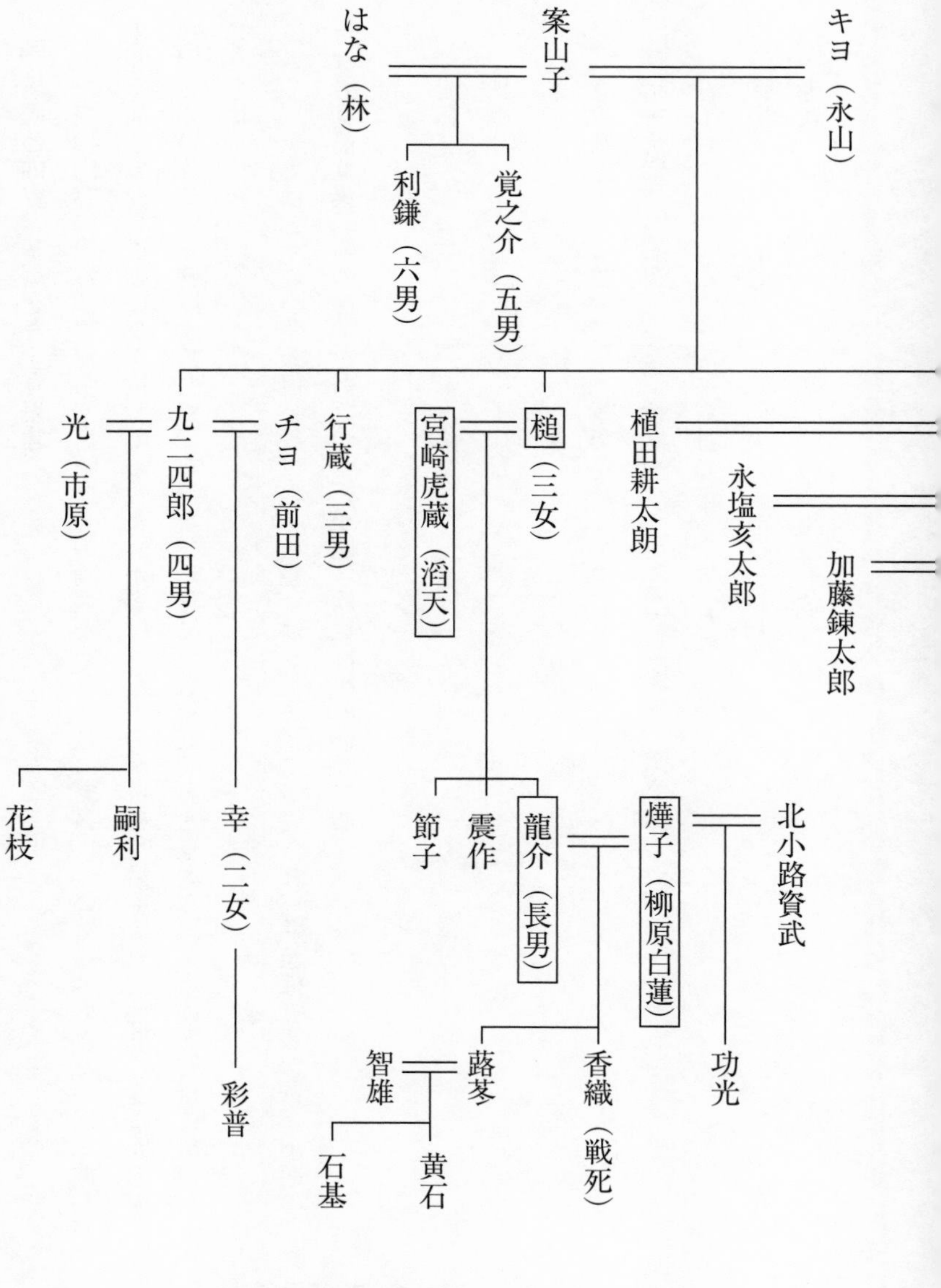
キヨ（永山）
案山子
はな（林）
覚之介（五男）
利鎌（六男）
加藤錬太郎
永塩亥太郎
植田耕太朗
槌（三女）
宮崎虎蔵（滔天）
行蔵（三男）
チヨ（前田）
九二四郎（四男）
光（市原）
北小路資武
燁子（柳原白蓮）
龍介（長男）
震作
節子
幸（二女）
嗣利
花枝
功光
香織（戦死）
蕗苳
智雄
彩普
黄石
石基

二　構成と内容、基調をなす育児詠

『流転』の内容に入るに先だち、宮崎龍介の両親とそれぞれの家系について述べてきたのは、彼が生涯を通じて社会運動に身を投じて来たことが実は、双方の家系に色濃く流れる血筋に少なからず起因していることを確認するためであった。これは、数年後関わる重大な出来事にも密接に繋がっていく。

さて、歌集は三十の小題（但し最後の「放想」は一〜三）で構成され、歌数は五八〇首。小題の付け方は前歌集『紫の梅』を引きつぐ。小題と歌数は次の通りである。

流転　（二二）
秋風　（一一）
新春　（一一）
身辺雑詠　（二二）
京・筑紫　（一七）
吾子　（二三）
懐旧　（一七）
老女　（九）

盂蘭盆　（四）
子病む　（二二）
稲妻　（二三）
寧楽路にて　（一七）
秋立つ　（三五）
霜月のころ　（二八）
御大葬にあひまつりて　（九）
諒闇の新年　（九）

満月（二二）
人形（五）
追憶の春（二三）
遊女（一一）
罌粟の花（二三）
梅雨晴（五）
海辺にて（一一）

花まつり（三九）
夏草（一七）
伊香保にて（四一）
留守居（一五）
放想（一）（三一）
放想（二）（三一）
放想（三）（二七）

栄とや名とやそこにはみづからを抑ふることになれしわれあり
思ひきや月も流転のかげぞかしわがこしかたに何をなげかむ
かくなればげにや嬉しき宿世かな泣きしきのふの涙のあたひ
世の中のすべてのものに別れ来しわれに今更もの怖ぢもなし
まことこれいくとせぶりの秋なりや物のあはれをしらで見る月

歌集名となった二首目を含む巻頭の「流転」より。二首目は言うまでもなく白蓮の代表歌である。

仰ぎ見た月の光に思いがけなく流転の様相を感じとり、過ぎてきた流転の歳月に何を歎くことがあろうかと、自らの人生をきっぱりと肯定している。上句と下句とが絶妙にひびきあった格調の高い一首だ。巻頭歌であっても不思議ではない。先立つ一首目は、世間的な栄誉とは名声とは何であろうかと疑問を抱いてきた。そこには自己をきびしく抑制することに慣れ親しんだ私があり、これからもそのようにあり続けるだろう、と歌う。やや言挙げ的な印象を受けるが、内省するまなざしはそのまま二首目に違和感なく受け継がれている。

つづく三、四、五首目では、辛かった過去も今となってはむしろ喜ばしい宿世だったのであり、何もかも手放してきた自分には、恐れるもの、失うものはもう一切ないと歌う。また、つねに歎きをともなって眺めてきた月影さえ、愁いなく見上げることができるとも。懐古的な抒情を揺曳しつつ、今後の人生に対する開き直りともいうべき覚悟の、しずかに伝わる作品群だ。

あたゝかに相倚る子等と何おもふ外面に吹くか風もみぞれも
わが上にあれと願ひし父母の情は子等にあるが嬉しき
忙《ママ》がしき用事をあまたもつものを子は遊ばむと母を離さぬ
たまさかにいとまある日の嬉しさに針もちて見つ小さきものぬふ
この子故この子故ぞと思ふにぞ涙はてなし此子のや（病）めば
この子病めば加持よ祈禱といらだてる祖母の姿のあはれやつるゝ

（　）は筆者

「秋風」「新春」「身辺雑詠」より。前歌集につづき、龍介とその家族との生活をともにしながら、香織と蕗苳の幼子二人を育てる母親としての哀歓が、飾り気のない素直な表現でさまざまにつづられている。仕事の忙しさと育児の間で悩みながらも、わずかな時間を子どものものを縫うことによろこびを見出し、子どもが病めば姑・槌子とともにおろおろとうろたえる母親像が目に浮かぶ。本人でなくとも、『踏絵』や『幻の華』では考えられもしなかった温かく穏やかな世界であり、歌のしらべである。これら日常詠は「集後小記」に言う、「比較的落ち着いた境遇の日々」を覗かせる本歌集の基調をなすとともに、特徴をもなす歌群であった。子どもの歌を今少し掲げておこう。

生れ来しちい《ママ》さき人の片笑くぼ三日目にして見出でたるかな
みどり子の泣きて止まねば次々に家中の人に抱かれ渡る
汽車のおもちやつみ木の山の次々に吾膝もとをめぐる雨の日
みどり子の眠れるひまをわがものと机によれば眠たくなれり
おごそかに神に仕ふる心して病児をまもる夜の床の上
みどり子は飢ゑて泣くやと乳みつる胸を抱きて家に急ぎぬ

早寝せる児の枕辺に買ひて来しおもちやを並べ父の遊べる
用あればと乳をまさぐる小さき手をのがれて来たり泣くを後に
ひる寝よりさめし吾が児の呼ぶ声に見れば初めて座りてゐたり
おもちや屋の前にしばらく立ちとまる母なるわれをガラス戸に見し
急ぐべき仕事をもちて子と遊ぶ電車ごつこのいらだゝしけれ
こほろぎのあまり淋しくなく故にいふことをよくきくふたりかな

「吾子」「満月」「子病む」「稲妻」「秋立つ」「花まつり」「留守居」より引用した。口語的発想も自然に混じる。類想を避けたが二人子の歌は、このように枚挙にいとまがない。子どもにそそぐ愛情は世間一般の母親と何らかわりなく、ほほえましさを覚えたり、時折みせる本音に共感を抱いたりする。実母の愛情を知らず、乳母と二人の養母に育てられた白蓮にとっては、なおさらであった。それと同時に、注目すべきは五首目の病む子を看取る歌にみる、「おごそかに神に仕ふる心」という、母白蓮の子に対するあり方であろう。確かに、「子は神からの授かりもの」と言うが、「神に仕ふる（心）」とは意味が違う。『紫の梅』にも「今更のよう《ママ》にかたへに眠る子をひれふすごときおもひして見る」と歌った、「ひれふすごとき」と近いものがあるだろう。先に、飯塚出奔後の辛い日々に耐えつつ、龍介との絆である香織を出産した。その思いが背景にあっての表現だと述べたが、それも含めてこうしたあり方に白蓮の育児観に根ざした独自性があるのではないだろうか。それが何に由来するのか不明だが、どこか宗教的な影響を思わせる。今後の課題としたい。

　こうした中で忘れてならないのは、「村岡氏の令息の死を悼む（十首）」の詞書をもつ次の一連である。

いねられず友の一人子魂《たま》失せて眠るその顔見て来し夜は
朝な夕な語り聞かせし「紅うばら」児に持たせやる君が心はも
吾にさへけさは冷たき秋の風抱く児亡せし友のふところよ
自動車のおもちやよと吾児に持ちて来しその愛らしき優しき声はも
秋の蟬しきりに鳴きて庭の外をもち竿かたげ似たる子のゆく

右は「秋立つ」の初めに配置されたもの。村岡氏は村岡儆三《けいぞう》、その妻花子は白蓮の東洋英和女学校以来の親友である。伊藤伝右衛門との本意ならぬ再婚に憤慨して一時は交際が途絶えていたが、出奔以来何かと白蓮を力づけてきたのであった。この頃、花子は夫と出版社兼印刷所「青蘭社書房」を立ち上げるとともに、童話作家、童話の翻訳家として活動していた。その愛息道雄が疫痢により世を去ったのは一九二六年（大一五）九月一日、六歳の誕生日目前であった。白蓮はその日病院に駆けつけて花子に寄り添ったという（村岡恵里著『アンのゆりかご』新潮文庫、二〇一一・九）。右の歌にも友の深い歎きに寄り添い、ともに悲しむ心情がよくあらわれている。

二首目の「紅うばら」は花子が刊行した童話集『紅い薔薇』のことであろうか。道雄は花子の語るさまざまな話を明け暮れせがんだという。それは花子の想像から生まれたものや、幼い頃に聞いたり読んだりしたものに新しく自分の思いを加えたものであったが、それこそ「一人の母とその愛児の幸福の産物」であると、その前書きに記している（同上）。「君が心はも」は哀切に充ちた結句だ。

しかし、親友の亡き児を悼む歌は別として、この歌集の期間はこうした穏やかな日々ばかりではけしてなかったのである。

三　四季・叙景歌にみる歌境の深まり

「秋立つ」には続いて次の様な作品もまじる。

嵐なぎて照り渡りたる日のかげの木々の雫に光る涼け《ママ》さ
柿盗人道にすてたる渋柿の歯形を見ればほゝ笑まれけり
つく〴〵法師啼きて木かげに秋立ちぬ小袖縫ふ手に針の冷たし

ひる寝よりさめし吾が児の呼ぶ声に見れば初めて座りてゐたり

売れ残る魚屋の店の魚の背の青く光るなり電灯のもと

　やはり、育児や子どもに関わる作におのずと目がとまる。二、四首目ともに、渋柿の歯形へのまなざし、乳飲み子が初めて座った時に出あった感動など、子を持つ母親の日常生活の中での発見と驚き、よろこびが巧まず歌われている。四首目は一九二五年（大一四）九月誕生の長女蕗苳を歌ったもの。事実を述べただけではあるが、単純で直截的、そのまま真っ直ぐ感動が読み手に伝わって来る。何でもないようでありながら、観察力や客観的な姿勢が既に身についているのだ。手放しの可愛さがともすれば作品を甘くしていた前歌集『紫の梅』に比べると、その違いに気づかざるを得ない。白蓮自身それを自覚していたかどうかは不明だが、本歌集に至って、育児詠という新しい歌境を開きつつあったと考えてよいのではなかろうか。

　それは、一、三、五首目のような季節の移ろいへのとらえ方にも同様の指摘ができる。一首目の結句は「涼しさ」の誤植と思われる。台風の過ぎた後の庭の情景描写。下句に観察が行き届きその「涼しさ」が実感できるようだ。三首目は、縫い物の指に触れる縫い針に秋気をこまやかに感じとった作。魚屋の店先に売れ残った魚を丹念に描写した五首目も印象深く目に浮かぶ。同時期の三ヶ島葭子作に「宵早く片づけそむる店先の秋刀魚は雨にたたかれてをり」というのがあった。掲出の二首ともに、つつましい庶民的な主婦の視点でとらえられており、これがかつての『踏絵』や『幻の華』と同じ作者かと疑うほどの変貌ぶりである。こうした作歌姿勢は、育児と主婦、生活を支える為の原稿執筆、龍介の仕事への協力など、懸命な日常生活の現実から必然的に生まれ、獲得したものであった。加えてその頃歌壇に擡頭してきた「アララギ」派の、写生と現実重視の影響も考えられるかもしれない。とにかく、『紫の梅』の頃から次第に四季・叙景歌に秀歌が散見されるようになって来た。この点でもやはり新分野を開拓しつつあったことが指摘できるのである。

板廊下ふむにつめたきけさの霜庭の柿の実一つ残れり
子の為に靴下のやれ（破《や》れ）つくろはむ暇ある日の嬉しきこゝろ
騒ぐ児を外にやりしが寂しきに心落ちゐず机によれど
かへりおそきあるじ待つ間の夜の寒み炭つぎそへて雨の音きく
降り出でし雨のいつしか雪となれり客人かへす夜の八時頃

続いて「霜月のころ」より。こうした身の回りへのさまざまな事柄に心を行き届かせている作に接していると、忙しい身でありながらも落ち着いた、心穏やかな日々を送っていることがよくわかる。日々の生活をいかに大切に思っているか、ということでもあろう。ようやく得た、かけがえのない身の置き処への思いが、このような日常詠を歌わせているのだと思わずにはいられない。

大正の御代の畢りと今日の日を誰かは知らむ暗きしのゝめ
日も蔽へ月も蔽へとなげくなる国民の上にこの年もゆく
力強き昭和の御代をたのみつゝ涙はてなし神去りませば
老いませる君が苦行を分たむとわれ水浴びぬ霜凍る夜に
老い延びてこの悲みを国民のなげきの上に見つる君はも
大正の御宇に死ぬべきいのちをとなげかせますかさびしき夜の雨
大あめつち憂と涙にくれはてゝ年改まるけさのしづけさ
万物の冷えはてし世にあるごとく大東京は物の音もせぬ
ゆく人の胸の喪章も目にしみてきのふのなみだまたあたらしき

「御大葬にあひまつりて」より六首、「諒闇の新年」より三首抄出した。大正天皇は白蓮と従兄妹関係にある。叔母愛子《なるこ》妃はその生母であった。白蓮はすでに華族を除籍されていた（大正十二年十一月）とはいえ、その薨去を悼む心情には特別なものがあったであろう。しかし、先の三首は「日も蔽へ月も蔽へ」、「神去りませば」などにみるごとく、私情を排した一国民の立場からの、伝統的・常套的な修辞を用いた挽歌である。それはまた、かつての同天皇即位式（大正四年）の折の、「千早振る神の掟の高御位けふ昇りますみのりかしこし」、「十六日京の二条の舞殿のうたげの声は万世までに」（『幻の華』）なども同様で、こうした儀式歌の形をとることにより、相手への敬意を表したのであった。その出自と共に養父北小路随光に教え込まれた旧派和歌の手法が、こうした場合におのずと発揮されたものと思われる。

つづく三首は「聖上御脳篤き時、二位局水垢離とらせ給ふときゝて」の詞書きを持つ。二位局は愛子妃のこと。その快癒を祈る水垢離のつらさを共に分かつべく、白蓮みずからも実行したとあるように、こちらは老身の叔母の苦行や歎きにひったりと寄り添った心情が吐露されており、それが読み手に直にひびいてくる。白蓮はこの時四十一歳、霜夜の水垢離は華奢なその身にひどく応えたであろう。

後の三首も先の三首と同様、「大あめつち憂と涙にくれはてゝ」や「万物の冷えはてし世にあるごとく」などのように、やはり国民の側に立って古風に歌われているが、道を行く人々の喪章が目にしみる、と歌う箇所には新鮮味が感じられ、当時の慣わしもしのばれて興味深い。

淋しければ鼠のはしる音にさへ怖ぢて三人（二人か・筆者）がわれにより添ふ
白き雲北へながれぬと見る門に郵便夫がもつ夫の消息

南京の陣中にゐる夫のこと思ひつゝよる座敷のはしら

幼きにいふてきかせて合点さすよすがは遠し上海のまち

こほろぎのあまり淋しくなく故にいふことをよくきくふたりかな

「留守居」より。「放想」（一、二、三）を除けば歌集の最後に配された作品となる。夫の留守中の寂しさ、心細さとともに、党の重要な役割を帯びた夫の旅を案ずる妻白蓮の思いのよく伝わって来る一連である。龍介は当時社会民衆党中央委員となっていたが、三、四首目に見られるように、一九二七年、蔣介石と会談するために松岡駒吉とともに南京、上海を訪れていた。社会民衆党と中国国民党との連携を図るためであった。同年五月、蔣介石は国民革命軍の中心として、中国統一をめざす軍事行動（北伐）を開始していた。その進軍過程の所々に在留する多数の日本人を保護するという名目で日本軍が派遣され、翌年二回目の派遣では両軍が交戦して死傷者を出している（済南事件）。目的は満州地域を日本領化することにあった。陣中というのは交戦がそこにも及んだことを指しているのだろう。やがて、この戦いは張作霖爆殺事件に発展する。（古川隆久『昭和史』第二章、筑摩書房、二〇一六・五）。

松岡駒吉は社会民衆党の結成に尽力した一人であり、その後結成した社会大衆党では中央委員を務めた。また戦後の社会党の結成に参加、衆議院議員として社会党出身の衆議院議長を務めた人物としてもよく知られる。こうした緊張した背景が「留守居」にあったこと、その心細さにもただならぬ事情をはらんでいたことを見逃してはならない。

翌年（一九二八〈昭三〉）二月、龍介は第十六回衆議院議員総選挙に、社会民衆党から立候補した。初の男子普通選挙である。しかし、結核の再発により演説中に倒れて落選する結果となった。この時白蓮も短冊を二百枚書き、『荊棘の実』の印税も前借りするなどして資金集めに協力した。また、龍介に代わって選挙演説に立ったことも世間の話題になったらしい。その記事が同年二月十一日付の『東京朝日新聞』に報道されている。白蓮事件以後六、七年ではまだこの歌人への関心は薄れていなかったらしい。本歌集を刊行するわずか三ヶ月足らず前の出来事であった。

人形よとてもあへぬとあきらめしその日のわれの辛きおもひで
五年ぶり我手にかへる人形に頬すりよせて泣きぬ子のごと
子らにさへ手にふれさせず人形を抱きてしばし思ひぬ昔を

順序が前後するが、歌集前半に置かれた「人形」より。五年ぶりに自分の手許に戻ってきた人形を歌ったもの。大切にしていた人形との思いがけない再会に頬をすり寄せて泣き、二人の子らにも触れさせなかったとある。読者にはやや異常とも見えるよろこびようではないだろうか。この人形の名はみどり丸。実家の柳原家に代々伝わる御所人形の這児《ほうこ》のことである（髪型はおかっぱ、着物の立姿）。

四　みどり丸への執着

みどり丸については白蓮自身が次のように記している。

曰く、柳原家に伝わった由来は不明である。後水尾天皇（在位一六一一～一六二九）が「みどり丸」と呼んだらにっこり笑った。扱いは人間と同じでご飯を毎日上げる。上げないと「おなかがすいた」と泣く。季節ごとの着物も取りそろえてある。明治以前は上巳の節句に大奥に伺うと、新しい着物を頂戴した。（「人形と霊」『火の国の恋』一九五九・一二）。

この不思議な言い伝えを持つ人形と同じものを、白蓮が伊藤伝右衛門と再婚する際、嫁入り道具として新調したのが、先に掲げた作品の人形だったのである。出奔後、伊藤家から送り返された家財道具とともに、ようやく持ち主と再会出来た、という次第であった。白蓮は初婚の北小路資武との離婚後、東洋英和女学校に入学し、キリスト教の教えに則った社会奉仕や自立の精神を学んでいる。『青鞜』の掲げる〈新しい女〉にも共感したであろう、いわば早い時期に目覚めた近代女性であった。

そうした一方で、宮嶋玲子は「人間の力の及ばない、科学で説明できない大きな存在をいつも見詰めていた」として、右の「人形と霊」を引用し、白蓮の宗教的な側面を指摘している（「白蓮八一年の心の旅路」かやのもり21号）。筆者が数年前伊藤邸を見学した時、みどり丸の本体はなく、その着ていたという着物が展示されていた。それはひどい傷みようであって、説明がなければ何かわからない、得体のしれない印象を受けたことを鮮明に憶えている。本意ではない十年間を過ごした脱け殻とも思えた。白蓮の宗教への関心はその生涯と歌への影響とを通じてうかがい知れるが、そのみなもとに霊魂への強い執着があったことは確かである。歌のみならず、高貴の姫君に恋をするみどり丸に、姫君が独身を通す物語を戯曲として作品化しているのを見てもよくわかる（一九二〇〈大九〉・三『みどり丸』、戯曲『指鬘外道』に収録）。しかしいずれにしても、白蓮がどこまで宗教（仏教、神道系の宗教など）を信仰していたかについては明らかではない。

つまり、二人の幼子にさえ手を触れさせず、頬ずりし、抱きしめて離さなかった背後には、こうした伝統ある柳原家にまつわる言い伝えに由来していたからであった。みどり丸は白蓮自身の魂の象徴でもあったのだろう。

この後小題は「花まつり」「夏草」「伊香保にて」とつづく。採り上げる機会を逸したものの、心惹かれる作品を挙げておこう。

買ひて来しおもちゃをならべわがつまはねむれる子らのそばに遊べる

つなぎたる糸をそのまゝねむれる子そと離しつゝ蜻蛉を逃がす

いづことも月の姿は見えなくにあかるくなれり庭一面に

ものいはで別れし姉の姿をば同じ所に来てまたおもふ

傘をうつ雨音はたとやみにけり仰ぐ大木の下のほそみち

小さき手をとりつゝいそぐ畑道屋根よりひくき夕月のあり

雨近み雲のゆきゝのたゞならず風起るなりこずゑこずゑに

なお、最後尾の小題「放題」（一〜三）は既刊の歌集『踏絵』や『幻の華』などの収録作を順不同に配列したものである。これは「集後小記」に記すように、「次々と経てきた流転の生涯を示す」歌集名に相応しいとして、あえて収録したものではないだろうか。

見てきたように『流転』の歌の世界は宮崎家や龍介の妻、二児の母親としての落ち着いた幸せな家庭生活の営みの中から紡ぎ出されている。しかし、現実には睡眠を削っての執筆活動、絶え間のない育児、龍介を慕って集まる社会主義運動を目指す若者や、中国の留学生たちの世話などに追われる明け暮れであった。また、龍介が立候補した衆議院議員の選挙運動や中国国民党と社会民衆党との連携を図るための渡航など、日々緊張を強いられることの方が多かった筈である。

にもかかわらず、多く見られる日常の子育てや、四季折々の叙景の歌からはそのような緊張感はほとんど窺われない。そこには龍介の妻という立場とともに社会詠、時事詠を歌うことへのためらいを考える必要があるかもしれない。しかし、それより何よりも白蓮にとっては妻、母、家族の一員としての生活がいかにかけがえのない日々であったかを読み取るべきであろうと思う。

第八章　第五歌集『地平線』へ

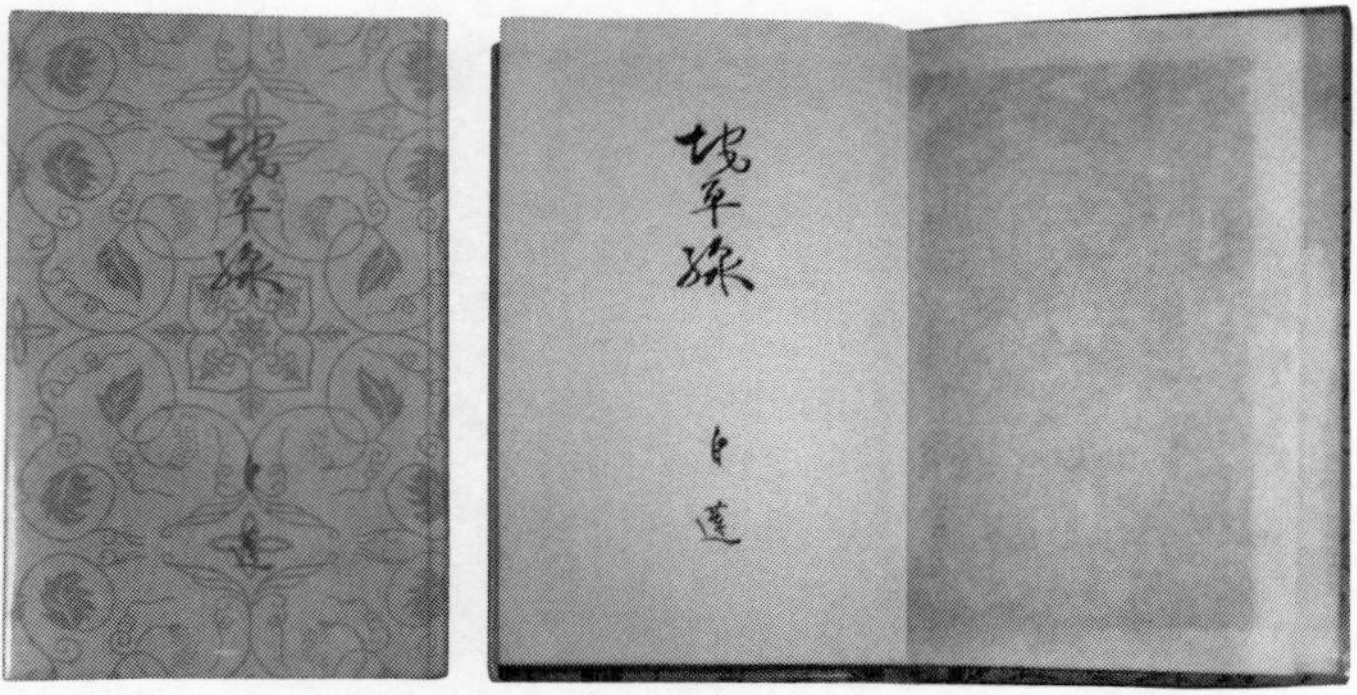

第五歌集　『地平線』の表紙と扉

一　『地平線』出版までの経緯

最終歌集に入った。『地平線』は一九五六年（昭三一）六月刊行（ことたま社発行）。前歌集『流転』よりほぼ二十八年後、白蓮四十三歳から七十一歳の頃の歌である。第三歌集『紫の梅』と次の『流転』の間が三年であったことに比べると大きな開きがある。ではこの間、白蓮にどのような活動が見られ、その周辺にどのような出来事があったのだろうか。『流転』後の二十八年間を判りやすく眺めるため、次のように略年譜風にまとめてみた。

・一九二八年（昭三）　龍介、第十六回衆議院議員選挙に社会民衆党から立候補する（既述、『流転』刊行の三ヶ月前）。『筑紫集』（『踏絵』ほか既刊四冊）、自伝的小説『荊棘の実』、小説『恋愛懺悔』などを刊行。『女人藝術』創刊号に短歌を発表。

・一九二九年（昭四）　社会民衆党の分裂により龍介が全国民衆党を結成する。

・一九三〇年（昭五）　龍介が再び立候補し、白蓮も封筒書きなどを手伝う。小説『青春譜』刊行（田中絹代主演で映画化）。

・一九三一年（昭六）　龍介と中国を訪問。これは、滔天がアジアの平和を希求し、孫文の中国革命に献身的に支援し続けたことに対して、孫文の奉安大典に中国が滔天の遺族を国賓として招待したことによる。満州事変の直前であった。
一九二九年には槌子、龍介、震作が訪中した。

・一九三五年（昭一〇）歌誌「ことたま」を創刊。

・一九三七年（昭一二）悪化しつつある日中関係の和平工作のため、国府軍の総司令部に就任していた蔣介石を、龍介が日本に連れ帰る役目を帯びて中国行きを企てる。しかし、出航前に憲兵に拘束され失敗に終わる。自宅では家宅捜索を受け、一家は蓼科の山荘に避難したという。この経緯は龍介著「蔣介石への使者——憲兵隊監禁一週間記」（『季刊とうてん』第五号）に詳しい。同年、盧溝橋事件をきっかけに日中戦争が始まる。

・一九三八年（昭一三）白蓮選支那事変歌集『塹壕の砂文字』刊。

・一九三九年（昭一四）第二次世界大戦勃発。『歴代女流歌人の鑑賞』刊。

・一九四一年（昭一六）日本軍による真珠湾攻撃。

・一九四二年（昭一七）宮崎槌子他界（七十一歳）。

・一九四三年（昭一八）第一回学徒出陣。小説『民族のともしび』刊。

・一九四五年（昭二〇）広島、長崎に原爆投下。同年八月十一日、学徒出陣中の長男香織が鹿児島県串木野で戦死。米軍機の爆撃による。

・一九四六年（昭二一）　NHKラジオに出演。これを機に平和運動を始める。「悲母の会」をへて
「国際悲母の会」を結成。
・一九四七年（昭二二）　歌集『踏絵・幻の華』（日本文学選）刊。伊藤伝右衛門他界（八十七歳）。
・一九五〇年（昭二五）　「国際悲母の会」九州支部発足。『短歌教室』刊。
・一九五三年（昭二八）　「世界連邦平和運動」婦人部長となり各地に講演旅行をする。
・一九五四年（昭二九）　別府銅御殿ホテル（旧伊藤伝右衛門別荘）内に建立された歌碑の除幕式に招かれ、龍介とともに出席。『ことたま選集』刊。
・一九五五年（昭三〇）　被爆十年の広島へ。第一回原水爆禁止世界大会が開催された。
・一九五六年（昭三一）　龍介と中国を訪問。『地平線』刊。

（宮嶋玲子聞き書き『白蓮　娘が語る燁子』二〇〇七、『柳原白蓮展・図録』二〇〇八、井上洋子『柳原白蓮』二〇一一及び「ことたま」など関連文献により筆者が作成）

『地平線』刊行までの経緯は以上である。著書については二十八年という歳月を考えるとさほど多くはないが、『流転』刊行後の三年間に刊行が相次いでいる。依頼原稿の執筆も日常的に途切れなかっただろうことを思えば、その営為は精力的であったと言えるだろう。特筆すべきは「ことたま」の創刊であった。白蓮事件以来、作品を発表する場（「心の花」）を失っていただけに、主宰歌

誌を持つことはかねての念願であったに違いない。

なお、『地平線』以後について付記すれば、

・一九五八年　九州、神戸、三重などに講演旅行。各地で乞われて歌を詠む。

・一九五九年　群馬、岡山、大阪などに講演旅行。自伝的エッセイ『火の国の恋』刊。旅先の京都にて右眼に緑内障を発症。翌年左眼も発症。次第に視力を失い二年後には両眼を失明する。

他界の前年一九六六年に発表した「いのち」十首（『短歌研究』昭四一・一）は　失明した状態での作歌であった。

・一九六七年二月　八十一歳にて死去。

このように見てくると、中年から晩年にかけての白蓮の人生は、第二次世界大戦と敗戦、何より長男香織の戦死により激変する。平和運動のための講演旅行の多い日々の中で歌境もまた変化し、深まりをみせてゆくのである。

なお、略年譜風にまとめた二十八年間のうち、次の二、三について述べておきたい。

先ず、一九二八年創刊の『女人藝術』に今井邦子や岡本かの子らと共に発表した、作品に関してである。長谷川時雨編集の本誌は当時の第一線で活躍する女性陣の執筆によるもので、創作、短歌、

詩、評論などを盛り込んだ総合文芸誌であった。中でも山川菊栄、神近市子、望月百合子らのフェミニズム論や無産政党、婦人解放などを扱った評論が顕著に示すように、平塚らいてうの『青鞜』（一九一一・九〜一九一六・二）以後、新しい女の精神に根ざした女性の社会的意識の向上や、生き方への模索を促そうとする点に、発刊のねらいと特徴があったと思われる。林芙美子、円地文子、佐多稲子らの小説家がここを基盤に輩出したのであった。

白蓮がこうした創刊号の執筆陣に加わっているのは、白蓮事件以後の旺盛な執筆活動によるものであったに違いない。同誌には以来折々掲載の機会を得ているが、同時代に活動する女性達のエネルギーに触れつつ、自分自身の生き方への刺激を常に受けていたといえよう。

尼僧らの洗濯物のしろききぬ裏庭に見えてまひるしづけき
おつとめの鐘さへけさはしらずして寝入りたりけり旅疲れ覚ゆ
ひとあさは我もまぢりて本堂のみあかしのまへに手を合はせけり
めさむればいざこなたへと尼僧らのあつきもてなしの嬉しき朝風呂
雨戸さゝぬ寺のならはしの気楽さよ障子の外は月あかりなり
ほの〴〵（と?）明けそめたれは（ば）尼僧らの看経の声の聞えくるなり
教へられ耳そばだてゝきゝにけりめづらしきかも山ほとゝぎす

尼たちとなれてあそべるわがふき子人形の髪をみなむしりける
瑞孝尼と同じ姿よとよろこびて母にぞ見する髪なし人形
障子あくれば衣笠山はま近か《ママ》なり初夏の風も京にぞありける

（『女人藝術』第一年第一号、一九二八・七、（ ）は筆者）

柳原燁子の筆名による「尼寺にて」十首は詞書きに「五月なかば今年四つになるふき子をつれ久しぶりにて京都に行く、紫野の尼寺に宿る」と記す。創刊号への作品としては意外におとなしく古風な印象を受ける。一連の内容は、充分に眠り朝風呂を浴むなど尼僧たちの手厚いもてなしを受けて、まるで里帰りをしたような、なつかしくゆったりとした気分に充たされている。それもそのはず、この紫野の尼寺というのは、白蓮が伊藤家を出奔後いくつか移り住んだ内の一つであった。多分、大徳寺近くの神護院であろうか（参照「相聞」62号白蓮メモ①）。このような誌面で、出奔後短期間滞在した場所が浮上したという点で注目したのである。なお、移り住んだ尼寺は二箇所であったことがすでに知られているが、今一つは清水寺付近と伝えられる聖待庵、あるいは清泰庵とも考えられる（同参照）。両者は音読みすればセイ（ショウ）タイアン、つまり両者は同一の尼寺であろうかと想像される。

さらに、九首目に登場する「瑞孝尼」なる法名に関連しても、最近興味深い発見があった。即ち、白蓮は「瑞光」の法名でこの神護院に一時滞在したこと、またこの法名を用いて「瑞雲」宛ての手紙をここから送っていることなどから、当寺院の尼僧の法名に「瑞」を名告る伝統があったことを推測させる（参照：朝日新聞西部本社、二〇一七年一月一日付記事）。法名を使ったのは世間に居場所を知られぬためであった。

実際に得度したかは疑問であるが、右のような手がかりが得られるという点で注目すべき作品であった。白蓮にとって明日をも知れぬ不安な日々の中で、ことばに尽くせぬ恩義を受けた尼僧達とは、その後も親しい交わりが続けられていたのである。なお、「ふき子」は香織の妹蕗苳のことである。この十首は『地平線』には採られていない。

今一つ、一九三一年に満州事変が起こり、以後日中関係は次第に悪化し、ついに日中戦争が始まる。その直前の、失敗に終わったとはいえ、両国の和平工作のために努力した龍介の働きを忘れてはならない。蔣介石に和平に関する親書を届ける役目を引き受けるにあたって、娘の蕗苳氏によれば、

今でも父が母や祖母と「どうしたものか」と話し合っていたのを記憶しています。密使を引き受けると家族に大きく迷惑をかけてしまうと悩んでいたようです。それでも、宮崎家に生まれた

からこその使命感があったのでしょう、この命がけの任務を引き受けることにしました。

（『文藝春秋』二〇一七・四月号）

と綴られている。結局、和平を反対する陸軍によって、上海行きの船に乗船したところを憲兵に拘束され、また、家宅捜索をも受けたのであった。こうした危険な任務ばかりではなかったが、一家の日常は父滔天の遺志を受け継いだ社会運動家としての龍介の身近にあって、白蓮もまた身をもってそうした生き方への共感と理解を深め、影響を受けることにつながっていく。『支那事変歌集塹壕の砂文字』は歌人である白蓮が、こうした環境と時代の中でなし得た仕事であった。それは前線にある兵士と銃後の留守を預かる者との、魂の親交を願っての選歌集であり、けして戦争協力的な、戦意高揚をはかることが目的ではなかったのである。

やがて第二次世界大戦が勃発し、学徒出陣中の長男香織が敗戦四日前に戦死するという悲劇が白蓮を襲う。そのあり得べからざる現実を深く受け止めつつ、平和運動への全国行脚を開始するのである。すでに六十代に入っていた。こうした行動を実践しようとする背後には、やはり龍介の応援が大きく働いていたようである。蕗苳氏の先の文章にはそれが明確に語られている。

父も母も歎き悲しみ、戦後は平和運動に積極的にかかわっておりました。食卓を囲みながら運動の進め方や理想について議論を重ねていました。いま思い返してみますと、二人は夫婦であり同志でもあったのでしょう。

主宰誌「ことたま」には、平和運動の講演旅行に関する自身のエッセイは多く掲載されているが、龍介の具体的な協力については何も語っていない。身内についてはことさら記すまでもなかったのだろう。しかし右の内容では、龍介が平和運動のためにいかに力を入れていたかがよく伝わる貴重な資料である。そして、こうした夫婦のあり方こそが白蓮のつねに思い描いていた理想的な関係であったに違いなかった。

二　『地平線』の出版と制作時期、歌集名、編集者など

前置きが長くなった。『地平線』に入りたい。本歌集は先ず、白蓮の直筆による題字と、同じページに配置された次の序歌一首をもって始まる。歌集名は、これまでの『踏絵』『幻の華』『紫の梅』『流転』などにうかがえる一種の気分や人生観的なものとは異なり、ことばの意味そのものが示す通り広々と拓けた彼方を望むような命名である。これに対する序歌もまた一見、壮大な自然詠かとみえながら、歌集名に呼応して作られた、象徴的な一首と考えるべきであろう。

あひがたき
天と大地と和田津海と
極みのはてに
相倚るを見る

また、『紫の梅』や『流転』のような目次の部分は省略され、小題をもった左記のような六つの歌群によって構成されている。それぞれの歌群は最後の「去来」十三首を除いて歌数が多い。また、小題は短く簡潔である点も特徴的である。

万象（六九）	人の世（四九）
悲母（六〇）	旅　（九三）
至上我（三一）	去来　（一三）

計三一五首

歌集の刊行は白蓮が七十一歳の時である。さまざまな雑誌に発表した二十八年間の作品を整理するのは、けして容易なことではなかっただろう。制作の順序も前後があるようだ。あとがきもない

ため、歌集成立の経緯を知ることができない。しかし、「ことたま」の後記によれば、

（前略）母の歌集としては戦後最初のものであり、変転の激しい社会の中での精神史の発展をあとずける記念碑でもあろうかと思われます。母の歌の道に最も大きな影響を与えたのは愛児香織の戦死でありまして、この歌集の中心をなし、かつ佳唱と言ってよい作品もそれを主題としたものが多いようです。

（「ことたま」第22巻第4号、一九五六・六　宮嶋玲子氏提供）

と、北小路功光（父は資武）が母に代わって述べたことばがみえる。また成立について、

この成立につきましては、例により佐藤霊峰氏の献身的な努力を見のがすわけにはゆきません。（略）又、本歌集の題名や小見出しは宮崎龍介氏の御指示を仰ぎ、装幀については諸案がありましたが香織の妹蕗苳子によって決定されました。模様の原型は本願寺三十六人集の料紙であります。

（同右）

つまり、当時「ことたま」編集に携わっていた佐藤霊峰が歌集の成立にも貢献したこと、夫龍介

が題名や小見出し（小題）に関わったこと、装幀は娘蕗苳が選んだことなど、家族や身近な人々の力添えによって出来上がったと記されている。これによりほぼ成立事情を知ることができたのであった。題名は白蓮本人ではなく、龍介の命名だったことや、各小題に配列される作品の多少の不自然さなども合点がゆく。

佐藤霊峰（一九一八〈大七〉～一九五七〈昭三二〉）は岩手県気仙郡住田町出身。一九四一（昭一六）年上京して白蓮に師事した。以後、白蓮の愛弟子として右のように「ことたま」の編集にも熱心であったが、三十八歳の時咽頭癌で他界した。その翌年、白蓮の揮毫による歌碑が建立され、除幕式には白蓮も住田町を訪れている。歌は霊峰が生前気に入っていたという次のような自作である。

この道は細く果てなき道なれば一人しづかに行かんとおもふ

住田町の「民俗資料館」には霊峰の直筆をはじめ、歌集などの資料のコーナーが設けられている（「相聞」第58号〈白蓮メモ⑥〉所載、岩手県在住三浦のり子氏報告）。歌碑もここに移された。

こうした事情を理解した上で、読者は二十八年という歳月の、変転極まりない中で、白蓮が何を掬い上げようとしたか、それをじっくり味わっていきたい。

先ず、「万象」では次のような作品に心惹かれた。

春浅しそらには空の光あり人にはひとのよろこびあれや
梢には音せぬほどの雨降りてうちかすむなり遠山のみね
ほのぼのと桜に匂ふ夕やみや山のあなたにかへる鳥かげ
桐の花は実となりてをり雨雲は山にはあれど里には降らず
暑き日の空にうごける黒き雲いささか雨をこぼしてゆきぬ
秋の風こよひの細き月かげもうれひとならで君に吹けかし
わが投げし一つの石のこだまして百の音する秋風の中
しみとほる秋の夜ものの寂けさは水の底まで月かがやきぬ
人の世のふかきなげきの極れば星がものいふ言葉もきこゆ
大空の底にさかさに落ちてゆく鳥のかげありやがて消えにき
ちりてゆく落葉のあとを追ふごとく冬の時雨の音たてて降る

＊『地平線』は季刊『詩歌句』二〇〇八年九月冬号所載の復刻版。漢字のみ新漢字。青木春枝氏提供。

いずれも、白蓮のもつ良質な抒情のあらわれた作ばかりである。とりわけ自然観照のゆき届いた

作品が魅力的である。その傾向は『紫の梅』や『流転』に顕著にあらわれていたことはすでに指摘した。中でも、

梢には音せぬほどの雨降りてうちかすむなり遠山のみね
ほのぼのと桜に匂ふ夕やみや山のあなたにかへる鳥かげ
桐の花は実となりてをり雨雲は山にはあれど里には降らず
暑き日の空にうごける黒き雲いささか雨をこぼしてゆきぬ
しみとほる秋の夜ものの寂けさは水の底まで月かがやきぬ
ちりてゆく落葉のあとを追ふごとく冬の時雨の音たてて降る

最初の二首は古風ながらしらべがまことに美しく、匂いやかである。養女として入った子爵北小路家の、養父随光直伝による旧派和歌の伝統が色濃く投影されているのはあきらかで、すっかり身についた詠法は意識せずとも働くのだろう。つづく二首は新生活後に獲得したもので、共に下句の部分の雲の動きに目をやりながら気象状況をとらえており、どこか伸びやかなゆったりとした気分を感じさせる。

つづいて後半二首の内「しみとほる〜」の作は、「しみとほる秋の夜」と「ものの寂けさは」の

ように二句目から三句目へ句割れのかたちである。従って「秋の夜」と「ものの」をつづけてしまうと意味が分かりにくくなる。「もの」はこの世に存在する一切のもの、万象であろうか。漠然とした印象を受けるが「寂けさは」と、その万象（もの）の「寂けさ」に心を打たれている。「は」は感動詞と考えたい。秋の夜の時空を超えたような「寂けさ」のとらえ方である。その寂けさの中で月光が水底まで透きとおってかがやいていると上句を具象化した。透徹した心境をうかがわせる優れた一首である。

次の「ちりてゆく〜」の作も、「落葉のあとを追ふごとく」と実景に近い比喩を用いながら、冬の時雨の音に収斂していく。写生のよく効いた作だ。共に観照的態度にすぐれ、求心的な世界をも開拓した作として評価したい。

秋の風こよひの細き月かげもうれひとならで君に吹けかし
わが投げし一つの石のこだまして百の音する秋風の中
大空の底にさかさに落ちてゆく鳥のかげありやがて消えにき
人の世のふかきなげきの極れば星がものいふ言葉もきこゆ

先に戻って「秋の風〜」では、下句に恋愛気分を含んだいかにも白蓮ならではの優雅さをもつ。

君は誰か不明であるが、「うれひとならで」にたっぷりと浪漫性がたたえられ、味わい深い一首に仕上がっている。次の「わが投げし～」では、投げた石が谺によって多くの音を生じたことへの感動を歌っている。聴覚でとらえた表現のおもしろさだ。さらに「大空の底に～」では、空高く舞いあがる鳥の姿を、「大空の底にさかさに落ちてゆく」ととらえたところに発見があり、新鮮である。現代短歌では珍しくなくなったが、こうした発想を白蓮はすでに手に入れていたのであった。

「人の世の～」では、この世で味わう悲嘆が頂点に達した時初めて、天上にきらめく無数の星の、言葉を交わす声が聞こえてくるという、浪漫的であるとともに、一種の悟りに到達するような宗教的な発想をも思わせる作である。これは小題「至上我」に重複する作でもある。また、類型的な発想に小題中の「わか（が）心天つみ空にかよへばか嬉しや星のうなづくと見ゆ」が見えるのも興味深い。なお、似通った発想に与謝野晶子の「夜の帳にささめき尽きし星の今を下界の人の鬢のほつれよ」が思い出される。しかし、白蓮作では、この世の歎きの極まるときやわが心が天に通じたとき、などの切迫したぎりぎりの状態や不断の祈りの心の結果として、星の言葉が聞こえたり頷いたりするのであり、星菫調の影響とは言い難いものがあろう。

「万象」はそれぞれの制作時期が不明であり、自己類型的な作も加わるものの、読み応えのある作も多く、また以下の各小題の作とひびきあうような印象を受ける作品群である。

三　連作「悲母」——香織の戦死

かなしみはいまだ至らず心呆け炊きかけの飯に石くべそへつ
日本の老いたる母の大方は涙もろくなりて年くれんとす
英霊の生きてかへるがありといふ子の骨壺よ振れば音する
ふと見れば三日月のかげ子のあらぬ世にあへりけり老はせまるに
泣くことを楽しみとする日もありてありふる命おごそかなるも
人の世の人なるわれやかくりよのみ魂の汝とむかひあへるも
つぐのはれぬ無辜の涙とあきらめてしづかにあらむ夜半の寝ざめも
仏母聖母子はみなかなし世の常の母こそよけれさびしき日かな
朝も夜も昨日もけふもなくなりぬ世を去りし子と破れし国と
撫でさする大木と何か関はりのあるごとくなりて命かなしも
もしやまだ帰る吾子かと脱ぎすてのほころびなほす心うつろに
かへらぬをかへるとかりに楽しみて子が座をおきぬわれと並べて（香織誕生日）
身にかへていとしきものを泣きもせで何しに吾子を立たせやりつる

「悲母――香織・昭和二十年八月十一日戦死――」より。この小題の一連についてはすでに述べたことがある（「柳原白蓮における歌の変容と到達――最終歌集『地平線』をめぐって――」『目白大学人文学研究』第八号二〇一二・二）。よってここではなるべく重複せぬよう作を抄出した。一九四四年（昭一九）、学徒出陣により鹿児島県串木野（現いちき串木野市）に陸軍の学徒兵として出征した香織は、敗戦日直前の八月十一日、米軍機の爆撃を受けて戦死した。この六十首は、主宰誌「ことたま」や他誌に掲載した作から採られており、制作の順序も前後して配列されている。たとえば、「休戦四日前吾子香織戦死す」十首（『短歌研究』昭二十年十月）からは、

吾子の居らぬこの世の日かげ月のかげ我見るものか吾子の居らぬに
かへり来ば吾子に食はする白き米手握る指ゆこぼしては見つ
かなしみはいまだ至らず心呆け炊きかけの飯に石くべそへつ
しみじみと泣く日来らば泣くことを楽しみとして生きむか吾は

などの四首が六十首の中に採られている。

　しかし、そうした創作順序の不自然さをほとんど感じさせることなく、読者を悲しみの深淵に引き込まずにはおかない力をもつ。十首中に「たつた四日生きて居たらば死なざりし命と思ふ四日が

切なき」とも歌う。ここには、かけがえのないわが子の命の、戦死という理不尽な死に方に対する悲歎と悔しさ、憤り、あきらめとあきらめきれぬどうしようもない胸の内が素直に吐露されている。子を亡くしてただおろおろと右往左往する一人の母親の姿に、これがあの因習に満ちた伊藤家から身を翻して、社会運動を志す東京帝大生と出奔した歌人・柳原白蓮と同人物であろうかと、見まがうばかりだ。

しかし一方では、この現実に溺れてしまうことなくただ堪え忍び、現実とじっと向きあっている眼がある。表現はきわめて具体的であり、取りたてて目新しい発想や工夫されたことばを用いてはいない。それだけに却って悲しみの心とひびきあい、哀切の情が直接に迫ってくる。必ず生きて還ると信じて送り出した香織であった。十首中には「よそ人の如くに吾子も帰るかとわが待つ門には何事ぞ」と歌っているのである。

なお、六十首中の「撫でさする大木と〜」では、人間の命も天地の間に生きるものの一つとして、大きくとらえようとしている点に注目したい。それは愛子《まなご》の死という個の悲しみを昇華させることであり、それを乗り越える手だてでもあったのではないかと思う。

香織の挽歌はこの他にも残されていた。一九五〇年（昭二五）七月発行の『短歌教室』には、十三からなる項目の巻末に「戦死せし吾子香織におくる挽歌」が配置されており、戦死の電報を受け取る場面から始まって、蕗苳が香織に頼まれた刀を危険を冒して届ける話や、ラジオ出演のこと、一周忌、孫の黄石誕生のことを交えながら歌が綴られている。その歌数は歌集掲載歌も含めて八十一首にのぼる。抄出しておこう。

武運長久のお守り札もことごとく倶（恨）らみて焼きぬ悲しき極みに
声に出して吾子の名を呼ぶ一人居の広き家内のきく人なしに
亡き兄のかたみを夫にきせさする花妻の娘のしぐさやあはれ
金星のあらはれいでてまたたくに子供のごとくわれ泣きにけり
かへりこぬ人に用なき角帽は塵にまみれてなほ釘にあり

（『短歌教室』宮嶋玲氏提供）

出征する直前の作品も見ておきたい。

幼げに母に甘《ママ》へて添寝《そいね》（ルビママ）する吾子のしぐさや征《ゆ》く日は近し
わが膝を枕にさせて征く吾子の頭しみ〴〵撫でさすりけり
あわたゞしく語る間もなく今日となり別れとなりてしづ心なき
親にすぎし身《み》丈器量《たけきりよう》を見上げけりこれや御国《みくに》の楯《たて》と思ふに

国を挙げて極まるときし召されたり親をも家も忘れて征けや

借りたるを返すが如く有り難く吾子をたゝせて心すがしき

（『皇道世界』一九四四・二月号）

右は「吾子も召されて」十四首より抄出。前半三首では、出征の別れの、惜しんでも惜しみ切れない互いの思いが、添い寝や膝枕、頭を撫でるという、親に甘え、幼子にするがごときしぐさで表現されている。しかし、後半三首では国の楯としての息子への誇らしさや、召されることの有り難さが歌われる。一連にはまるで正反対の、矛盾した思いが混在するのが明らかに見てとれるだろう。

しかし、こうした矛盾と思える歌の混在はむしろ、この戦時下では何ら不思議ではなく、国民の一般的な考え方として浸透していた。当時のナショナリズムによる戦争協力への意識は、個の思いよりも国の楯として召され、雄々しく戦うことが聖戦に臨むあるべき態度とされたのである。

しかもこれは白蓮一人に限ったことではなかったようだ。

おびただしき軍馬《ぐんば》上陸のさまを見て私《わたくし》の熱《あつ》き涙せきあへず

陣《ぢん》のなかにささやかに為《せ》る霊祭《たままつり》二本の麦酒《びいる》そなへありたり

わがどちの戦《たたかひ》にゆく数ふえてこころは滾《た》ぎつきのふもけふも

（斎藤茂吉『寒雲』）

ひたぶるに猛風如《まうふうな》して南下《なんか》する軍《ぐん》の動きを鉛筆にてしるす

（同『短歌研究』昭一二・一二）

戦へば　勝たざるべからず。我が知れるひとり〱も　よく死にゝけり

逞しき心つのり来る　この夜らや。みなごろしにせむことをぞ　欲す

勝ち興奮《サビ》に　声おのづから揚るなり。戦ひとりたり。しんがぽうる

捷報《(セフホウ)》は　頻りに臻《(イタ)》る。戒めて、この歓びに狎《(ナ)》れざらむとす

いとほしきものを　いくさにやりて後、しみ〲知りぬ。深き　聖旨《ミムネ》を

（釋迢空『天地に宣る』）

歌人《うたびと》われ皇御軍《すめらみいくさ》をたたへうたふわが言霊にこもれ命の

かりそめの使命《よさし》にあらずおのがじしの命は関《かか》はる国の命に

（佐佐木信綱『瀬の音』）

右に掲げた茂吉の『寒雲』の二首は、第二次世界大戦に先立つ日中戦争当時のものである。とりわけその後の二首に見られるように、早くから戦争への並々ならぬ関心を示したことはよく知られ

ている。しかし、先の第二次世界大戦の時期に当たる歌集『霜』、および『小園』では、多くの戦争詠を作りながらそれらの作品は大幅に省かれたのであった。『斎藤茂吉歌集』（山口茂吉・柴生田稔・佐藤佐太郎編、岩波文庫、一九五八・九）には、それは戦後の出版であることによると柴生田は述べている。しかしむしろ、時局の要請があったとはいえ、熱に浮かされたような戦争協力的な作品への、深い後悔と反省によると見なした方が自然かもしれない。また、柴生田はそれを戦争の「ため」の作歌であることをまぬがれない、として補遺に採用したのが次の三首であった。

真珠湾にくぐりてゆきし一隊の潜航艇は帰ることなし
（昭和十七年、アララギ四月号）

日もすがら夜すがらの戦きはまりてもののふ二千つひに帰らず
すくひなき一つの島にたてこもり二千のかばねここにとどめし
（昭和十八年、アッツ島）

三首ともに犠牲になった多数の兵士の側に立って、その死を悼む内容である点が共通している。迢空の『天地に宣る』は、「追ひ書き」に述べるように戦争歌集としてまとめたもので、日中戦争から第二次世界大戦における敗戦までの作品を含む。十二月八日、宣戦の詔勅の下った折を感激と心をどりをもって迎えたと記している。また、老いに近づいた年齢になって、国土や軍団に対してかくの如く愛と念慮とを懸けていたことを知ることができた、とも述べる。前二首が日中戦争時、後二首が大戦時の作であるが、ここでもやはり国を挙げて戦うことへの感激や期待感が顕著である。その一方では、そうした自分自身を冷静に受け止める姿勢もうかがえる。迢空の戦争詠は、初期の頃こそ戦争を鼓舞し捷報をよろこぶ作品が多く見られたが、次第に戦死者や出征兵士に寄り添った内容が多くなってゆくのが特徴である（「釈迢空の戦時詠――『天地に宣る』へのアプローチ」『日本文化研究』第四号、國學院大學栃木短期大学、二〇一九・六）。後に養嗣子となる藤井春洋の出征や、学徒出陣による教え子が身近にいたことによる。

佐佐木信綱の作には「東京放送局より囑せられて『正義の軍』一篇を作る」「出征する同人に」とそれぞれ詞書きを付す。説明は省略するが、やはり日中戦争に際しての作品であった。このように同時代の代表的な歌人にも同じような傾向の作品が認められる点に注目したい。戦勝ニュースをよろこぶ心と、出征兵士である肉親や友人知人の無事を祈る心と――。戦争を批判する人々も勿論あったに違いないが、大方はそのどちらも国民の抱く一般的な心情であっただろうと思う。矛盾のようで矛盾ではない、この時代の一人一人の歌人が背負うほかなかった営為であった。白蓮一人の問題ではなかったのである。

四　信仰的傾向をもった発想

大自然の力のまへに人の子はなにをか思はむただ祈るべき
偶像とおもへるものをおどろけば仏の眼におん涙あり
来世をばこの世ながらに知らむとてをしへのふみをあさりてうまず
わが身内に神やどるかとふとも見るあやにくすしきあけ方のほし
仰ぎ見る神秘不可思議の霊光に包まれてゐて何を悲しむ
我身より金色光の射すかともおもふ日のあり神ともにあれ
人の世のふかきなげきの極まれば星がもの言ふ言葉もきこゆ

「至上我」三十一首より。「至上我」という語は『佛教大事典』（小学館）にはなく、『大漢和辞典』（大修館書店、諸橋轍次）にも見あたらない。『広辞苑』（第六版）には似通った語に「至上者」というのがあるが、それによると「様々な民族の宗教に見られる万物の創造主・全知全能者としての霊的存在」と説明する。「至上我」はこれに近いことばであるかもしれない。右の一連を含む三十一首中には、摂理、偶像、仏、かくり世、流転、うつしよ、さとる、神、前世、聖霊、来世、み魂、金色光、霊光、キリスト、下凡（品の誤りか）、聖者、釈迦など、宗教に関係深いことばが頻出するのはそのためであろうか。
大自然の力の前にただ祈る心、仏の眼に見える涙、明け方の星の光が身内に宿るという発想、神秘不可思議の霊光に包まれている身体、我が身より射すと思う金色光、この世で味わう歎きが頂点に達したとき初めて聞こえる星のことば。仏教、キリスト教、神道などを含むさまざまな信仰に根ざしながら、現実を大きく飛躍したその発想からは、まるで白蓮に霊的能力が備わったような印象を受ける。しかし同時に、それは短歌的発想にも通じる世界であった。たとえば、掲出の二首目「偶像とおもへるものを〜」、七首目「人の世のふかきなげきの〜」を始め、同小題中の「いづこよりか心をてらす光きていざなはれゆけば花の中の芯《しべ》」などに見られるような、現実を超えた発想の世界に認められるだろう。

白蓮と宗教、信仰との関わりにはすでに触れたことがある。即ち、北小路資武との離婚後、機会を得て学んだ東洋英和女学校でのキリスト教、実家に出入りしていた法華経の行者による霊魂への信仰、伊藤伝右衛門との再婚後心の拠り所とした日蓮宗と写経、伊藤家出奔の後、かくまわれた京都綾部での大本（出口王仁三郎）などが挙げられる。この内、キリスト教については大いに迷った挙げ句、洗礼を思いとどまっている（村岡恵理『アンのゆりかご　村岡花子の生涯』新潮文庫、平二三・九）。また、大本にもその教義に刺激を受けながら、信者となるまでには至らなかった。

結局、生涯を通して親しく信仰を持ち続けたのは仏教、特に法華経を教義とする日蓮宗であった。

晩年には神道的な世界観に関心を示し、神を心の拠り所としていたようだ（歌誌「ことたま」昭三六・一二月）。こうして見るといろいろな宗教遍歴を経験してきたように思われるが、その個々の宗教を超えて信じ続けたのは、既に指摘したように、〈霊魂〉の存在ただ一つであったように私には思われる。霊能者として人々の病気を癒やす古屋登世子（古屋女子英学塾の創設者）との、長年の親交なども同様に考えられるだろう。白蓮の作品にそれがどのように投影されているか、現在稿を進めつつある。なお、白蓮と宗教との関わりについては、宮嶋玲子「白蓮　八一年の心の旅路」（既出）に詳しく論じられている。

「至上我」の特色はこのような宗教的色彩を帯びた点にあり、興味深い一連であると言える。しかし、作品自体は宗教的な教えが生な形で表現されたものが多く、白蓮の作品としては今一つ魅力に欠けるように思う。この中では、先にも掲げた「人の世のふかきなげきの極まれば〜」が最も印象深い。人が味わう悲嘆の果てに自然界の星とひびきあうという、大きな美しい発想に却って宗教的な救いが感じられるのであり、それはそのまま短歌的発想ともなり得ているからである。「偶像とおもへるものをおどろけば仏の眼におん涙あり」も、上句がやや理屈っぽいが同様に受け取れる作品であろう。

　あはれこの生れもつかぬ醜き手若き男のとるべき手かは　（原爆少女）

地球上の二つの地点忘れむや平和の道はここに初《ママ》まる　（原爆供養）
わか（が）手もて平和の門は開くべし来れと声す原爆のみたま
原爆のみたまにちかふ人の世に浄土をたてむみそなはしてよ　（目黒羅漢寺碑）
もろともに結ぶちぎりは千年の誓ひのありておろそかならず　（郭沫若氏歓迎）
先覚者のおもひは消えず三十三年また新しく光いづるか
（先考滔天慰霊祭熊本にて盛大なり）
あひあはぬ十幾年のとし月や師と並び立つ来宮の秋　（佐佐木信綱先生）
（ ）は筆者

「人の世」四十九首より。歌数の多さに比べてこれという特徴はないが、後半に右のような数首が並ぶ。初めの四首は広島・長崎の被爆に関わる作。一九五五年（昭三〇）は被爆十年にあたり、広島における第一回原水爆禁止世界大会が催された。この頃、白蓮は世界連邦平和運動の婦人部部長として各地へ講演旅行をしていたが、この大会にも参加したのであった。愛息香織を失った思いの切実さとともに込められた平和への願いは、特に三首目、四首目によく表れていよう。

その多くは「平和の道はここに初《ママ》まる」や「わか（が）手もて平和の門は開くべし」、「人の世に浄土をたてむ」（目黒羅漢寺碑）などに見るごとく、第一回原水爆禁止世界大会開催時にふさわしく、平和への誓いが高らかに力強く歌いあげられている。小題「人の世」は歌碑となった作に因むのだろうか。これに対して原爆少女の作では、被爆した手を「醜き手」というストレートなことばを用い、「若き男のとるべき手かは」と、敢えてリアルに具体化した点が目を引く。想像をはるかに超えた被爆の皮膚の残酷さに、驚きと痛ましさと怒りとが綯い交ぜになった思いなのであろう。

また、「郭沫若氏歓迎」とあるのは一九三一年（昭六）中国を訪問した折の作。辛亥革命及びアジアの近代国家の建設に向かって活動を続ける孫文と意気投合し、終生支援を怠らなかった龍介の父・滔天に対して、中国はその功績を讃え恩を忘れず、事あるごとに遺族を国賓として招待している。満州事変の直前であった。この二年前一九二九年（昭四）には、槌子と龍介、震作の兄弟が孫文の奉安大典に招待されている。一九五六年（昭三一）毛沢東が主席の頃にも、やはり二人が招待されて一ヶ月半に及ぶ中国各地の訪問をしたのであった。なお、郭沫若は政治家のみならず文学者としても知られ、日本の九州帝大医学部を卒業し、一時は日本に亡命していた。人民共和国成立後は政府の要職にあったという経歴の持ち主である。この頃どのような身分であったかは不明だが、「千年の誓ひ」とは孫文と滔天の固く結ばれた日中友好の絆のことと思われる。それを再確認している内容だ。「ことたま」二十二巻一号（昭三一・一月）「春」には、この前に「兄なりき弟なりきとありし日の戴氏が泣きし思ひいづらく」、「いにしへの唐使がもちて帰りしは今の世にしてなほ偉大なる」の二首を載せている。

郷里熊本にての滔天慰霊祭の作「三十三年また新しく光いづるか」は、滔天の自叙伝『三十三年之夢』に因むもので、「三十三年」は滔天の三十三歳までの歳月を指す。その夢は終生の念願である辛亥革命を含む中国革命、ひいては自由民権運動によるアジアの解放であった。その先覚者の理想が後の若い人々に受け継がれて再び光り出るだろうと、誇らしく義父を讃えたのであった。「ことたま」二十巻四号（昭二九・六月）「筑紫路」にみえる、「水の上に若葉のかげの深くして雲の動きも遊ぶに似たり」もこの折の一首である。

白蓮が「心の花」に作品を掲載しなくなったのは飯塚出奔直後からであった。「ことたま」二十巻九号（昭三一・九月）「仏母聖母」には「（佐佐木信綱先生を来宮に訪ふ）」とあり、「あひあはぬ十幾年の～」を巻頭に五首が並ぶ。会わなかったのは十幾年とあるが、白蓮事件の何年後かに一度は会う機会があったのだろう。許されて師弟関係が復活するまでには、互いに複雑な内的遍歴があったことが想像される。しかし、今はこうして会うことが許されたのであった。その喜びが以下の四首に素朴に伝わる。「ここに来よそこに参らむとたよりはしつ月日はすぎて師よ今おん前に」、「老先生老弟子と二人並びゆく坂道をともに杖つき上る」「ほんのりとビールに頰をそめませる先生見れば嬉しくて泣かゆ」「光陰を忘れてあへる師の前に何か奇しき哀楽おぼゆ」。こうした作によると、手紙のやり取りがすでにあったことが知られる。信綱八十四歳、白蓮七十一歳の師弟であった。

午前二時月のあるこそいみじけれひとりめざめて一人ものいふ
いつかまたあふ日しらねば別れゆく人の足音惜しみてぞきく
いつの間にか白髪故にいたはるる身となりにけり電車の中も
嬉しくも悲しくもなきこの頃の朝昼夜に疲れをおぼゆ
戦争をしらぬ子供にいひきかす話をやめて急にさびしゑ

同じ小題には右のような作もみえる。前三首の、月夜に目覚めての独り言、別れを惜しんで聴く人の足音、いたわられる自らの老齢、どれも寂寥感に満ちた思いだ。現代の高齢者にそのまま通じる心情である。後の二首では感動する心の淡さや、幼い孫たちであろう戦争を体験せぬ子どもに、その悲惨さを話した後の思いなど、いずれも気力、持続力の衰えを自覚しつつ、その言いがたい寂しさ、空しさが吐息のように歌のしらべにのせられている。先に触れた力強く熱のこもった作品とは対照的である。

こぞのけふ逝きし姉かとふとも見る山のあなたにかへる鳥かげ
生きの日は姉を忘れてゐたりしが亡きあととなりて忘るる日なき
姉の墓かへりみる時忘れゐしわが若き日のあはれさの見ゆ

人の世の悲しみばかり残したる恨みの父のみ墓を洗ふ

さらに、このような亡き血縁の作が後半に置かれている。姉信子とは生前ついに和解することがなかったようだが、常に心にかかっていたに違いない。『流転』には、「うつし絵を誰ぞと問はれよそ人と児に教へけりわがはらからを」（「子病む」）や「かしら下げておじぎをすれど物云はぬ人見てかへる夕ぐれの町」、「ちらと見し姉の姿の忘れかね子をうながして早寝をぞする」（「夏草」）などの作が見える。兄姉との往き来は、飯塚出奔以後実家である兄義光の家に一時軟禁状態にされ、香織を出産した後そのまま絶縁状態になっていたのであった。しかし、右のように命日を知っており、墓参をするなどの作から考えると、生前何らかの往き来はあったのかも知れない。

父前光の作は、母（生母）とともに常になつかしく恋しい存在として歌われてきた。しかし、このように「恨みの父」ととらえた点が今までと異なる。「人の世の悲しみばかり残したる」とは、白蓮が正妻初子の生みの子でなかったことに始まる。生母りょうの早世後里子に出され、義母、養父母に育てられて来た。それによって味わう悲しみや苦労は、言い尽くし難いものがあっただろう。以来、抱きつづけてきた父恋いと父への恨みとの複雑な思いを、ここに至って吐露した感がある。「人の世」四十九首は、どのような意図のもとに編集したのかよくわからない。従って、まとまりという点では弱い印象を受けやすいが、その半面さまざまな作の入り交じった、複雑な様相を呈する一連であるとも言えるだろう。

五　旅の歌にみる抒情

さびしさのふところに入る心地して夕ぐれにつく山の湯の宿
どこの国の誰がぬれ居る雨ならむとほくに見ゆる雨雲低し
青空をわづかに見せて杉木立ほさきは高く雲にとどけり
ききほれてしづかに涙たるるなり山河草木みな声放つ
旅の家に人にかくれて書ものす二階の窓の春の山なみ
道のべの鼻かけ地蔵けふばかりしみじみとして拝まれにけり
巡礼の心してゆく旅なれば北のはてにもわがゆくものか

小題「旅」九十三首の内、最初の部分より抄出した。この中には地名を詠み込んだり、一首の後の（　）内に地名を記入したりする作が多く見られるが、最初の十三首にはそれがない。どこを旅したかは既に述べたことがある（既出「柳原白蓮における歌の変容と到達」）。一連は「巡礼の～」まで来てようやく北国らしいと分かるが、要するに北から始まり南で終わる配置となっている。どの作も旅の気分の十二分に発揮された歌群だ。旅の目的は総てとは限らないが、大半はやはり世界連邦平和運動による講演旅行であっただろうと考えられよう。

白蓮にとってそれは左記にみるように「巡礼の心してゆく旅」であり、それ故に「北のはてにも」、と覚悟と決意が歌いこまれる。遥かに望む雨雲に濡れている誰かを案じ、山河草木の放つ声を感得し、道の辺に立つ鼻の欠けた地蔵仏を拝む姿にその敬虔な心情がおのずから伝わってくる。中でも「ききほれて～」には、白蓮が到達し得た澄んだ歌境を見ることができるのではないだろうか。また、「旅の家に～」では、時間を惜しんで部屋にこもり、補聴器を外して書きものや読書に励んだと歌う。旅を楽しむ作も見られるが、こうした作に出会うと白蓮にとっての旅のあるべき姿をあらためて思わずにはいられない。

歯舞（はぼまひ）を追はれてかへるおやの国見しやききしや根室灯台
八ヶ岳に日の昇るとき霧ヶ峰ましろき月を抱かむとする（蓼科）
波の上に夕日映ゆれば佐渡の海や遠流の人のなげきをぞしる
かがり火はやみの奥より見えそめて近づき来（た）る鵜飼舟いくつ
南無大師遍照金剛ととなふなりまぼろしにだに吾子よ見え来ね
再びは来じと思ひし窓に立ち庭の木立に秋の声きく（別府あかがね御殿）

ここにして友と遊びし庭の木に物いひかけてはるけき思ひ（別府に九条武子夫人を偲びて）

一首目は北海道根室での作。歯舞はいわゆる北方領土の一つ、第二次世界大戦後ロシア（当時のソ連）に編入されて現在に至っている。そこを追われて親たちの祖国日本に帰ってきた人々を思い遣って歌われた。三首目にも佐渡を望んで「遠流の人のなげき」に思いを届かせる作があるが、「見ぬ世の人」「亡き人」などとともに、此岸彼岸を越えて人を思い遣る心情のあらわれも、この旅によって深められた歌境である。

二首目は日の出頃の八ヶ岳と霧ヶ峰を歌った景の大きさが特徴的。まだ残っている明け方の月を、霧ヶ峰が「抱かむとする」とした発想がいかにも白蓮らしい。蓼科は宮崎家の避暑の家がある所、その折の作かもしれない。四首目も叙景歌。闇の奥から見えはじめたかがり火に、鵜飼舟がだんだん近づく光景を的確にとらえた秀作である。叙景歌は龍介との生活以来、徐々に開拓してきたのであったが、旅の歌にもその観照的態度の一端を認めることができるのである。

長男香織をしのぶ作は一連九十三首には、五首目に掲げた一首限りである。しかし、どのような旅にあっても一日として心を離れたことはなかったであろう。下句が哀切にひびく。六首目は飯塚を出奔後はじめて訪れた折の、この一連の最後尾十二首の一つ。一九五四年（昭二九）九月のことであった（「ことたま」二〇・一〇）。別府銅《あかがね》御殿ホテルは、実業家（首藤克人）が買い取って開業したホテルで、かつて伊藤伝右衛門が白蓮のために贅を尽くして建てた別荘であり、文学サロンの女主人〈筑紫の女王〉と呼ばれた華やかな場所であった。そのホテルの庭に白蓮の歌碑を建立するに当たり、白蓮夫妻が招かれたのである。飯塚は（別府も）みずから反逆者というように、総てを捨てて出奔してきた辛い思い出の地であった。「再びは来じ」にその決意の堅さがこもる。しかし当時のゆかりある人々から温かい歓迎を受けて涙ぐんだという（既出『白蓮　娘が語る母燁子』）。そのホテルは現在宅地となり、歌碑は住宅街の中の小公園に建っている。数年前筆者も訪れたことがあったが、小公園には不似合いなほど立派な歌碑であった。歌は、

わたつ海の沖に火もゆる火の国に我あり誰そや思はれ人は　（『幻の華』）

初句二句はこの地特有の現象である不知火のこと、火の国をみちびく序詞的役目を担っている。「沖とおく不知火の火の燃ゆる国、その火の国にいるのは他ならぬ（歌人で知られた）私である。その私に選ばれて熱く思われているのはいったい誰であろうか」。スケールの大きな歌い出しもさることながら、歌人として女としての自信に溢れた秀作だ。しらべも堂々として美しい。白蓮の代表歌にふさわしい一首である。

なお十二首中には、博多、光善寺、大生寺、観世音寺、筑紫の海、豊後の海などこの折に訪れた

地名やゆかりの寺々が歌いこまれているが、底流するのは一般的な懐旧の情である。その中に七首目の、九条武子をしのぶ一首が含まれるのも忘れがたい。終生変わらぬ親友であった。

混浴のくすり湯につかる昼しづか大きふぐりを下げし人あり（三島竹倉温泉）

珍しき猿との遊び本堂の仏を忘れ拝まで帰る

「旅」一連中には右のような作もまじる。二作ともこれまでの白蓮には見られなかった余裕が感じられる。前者は混浴の温泉での、男女の意識を超えたおおらかで素朴な光景をさりげなくとらえており、思わず顔がほころぶ。後者も巧まざるユーモアが読者をゆったりとした気分にさせてくれる。さまざまに人生を経てきた歌人の、物ごとに達観した境地なのだろう。

六　地平線へのまなざし——到達した歌境

本歌集最終に置かれた作品は小題「去来」の十四首である。

雲のふちを紅そめてくれてゆくけふをかぎりとおもふばかりに

たまり水に鳥の影さすたまゆらに遠き日のあり恋しきものを

世の中のすべてのものに別れ来しわれに今更もの怯ぢもなし

十年はおろそかならずあひあひしちぎりといふを思ひても見よ

山に寄る雲のすがたや千年のいにしへに見し思ひ出とする

夢二忌や我をはるばるたづね来し筑紫の海の潮鳴きこゆ

右の作品を含む十四首全体から受ける印象は、一首目の「雲のふちを紅そめてくれてゆく」景や、二首目「たまり水に鳥の影さすたまゆらに～」のような、多くはふとした折々、我みずからの過ぎ来し方をふり返って時を惜しみ、恋しくなつかしく思う情緒的な内容に占められている。しみじみとしてはいるが、ありふれた既成の短歌的抒情である。しかし三首目では、自分にとってもう恐れるものは何一つないのだと、静かに矜持を示す作も交じっており、物心ともに余分なものをそぎ落とした生き方から到達し得た心境がうかがわれる。

四首目の「十年」は、あの伊藤伝右衛門と過ごした飯塚での、辛くままならなかった歳月を指す。既に述べたように、昭和二十九年十月、白蓮は福岡を三十三年ぶりに訪れている。同じ一連の「憂きものと見しは昨日の夢なりき海は大きく天につながる」は、前掲の小題「旅」の後半の、「再びは来じと思ひし窓に立ち庭の木立に秋の声きく（別府あかがね御殿）」、「ここもまた都恋しの思ひ川なみだのあとをたづねてぞ来し」などとともにその折の作である。西日本新聞（同年十月二十一日付）には、「ここは私の人生道場であった。もう少しで私は命を捨てるところであった。」と語り、「憂きものと～」を含む三首を発表している（既出・永畑道子『恋の華・白蓮事件』）。二度と訪れまいと思って来た、涙の沁みこんだ場所であった。同時にまた、伝右衛門とその家族、飯塚の人々に背いてきたという、自責の念を抱きつづけてきた場所でもあった。しかしそのことによって龍介とめぐり逢い、結婚して現在こうして幸せにいられるのだと、改めて「十年」という歳月の意味を嚙みしめ、自分自身に言い聞かせているのである。長年抱き続けてきた歳月と飯塚へのこだわりがすっかり浄化された、内省的な一首として注目したい。

五首目では、「山に寄る雲のすがた」を千年前に見た時の思い出ととらえている。今ここにこうして在る自分を、遥かな過去から流れ続ける時間の中に置こうとする発想は、白蓮がすでに手に入れた方法であった。六首目、竹久夢二は明治後期から大正年間にかけて活躍した著名な挿絵、美人画家、詩人、装幀家でもあった。白蓮の『踏絵』、『幻の華』二歌集および戯曲『指鬘外道』の装幀を手がけている。図柄といい配色といい、いずれも瀟洒な装幀である。夢二は『踏絵』の装幀のために筑紫を訪れたのだった。多分、別府の別荘あかがね御殿であろう。忌日は一九三四年（昭九）九月一日。その折の懐かしさを筑紫の海の潮鳴りに重ねた、思い出の一首である。この作品の前に置かれた、「踏切にふとたちどまる思ひあり線路のはての入日のあかき」も飯塚時代の思い出であろう。何度か死を思ったと回想している。「十年～」の一首と合わせてこの時期の作が四首含まれるのも、いかに終生忘れることのない歳月であったかが納得できよう。

このように「去来」は、「旅」の後半に繋がる懐旧の思いの深い、しかしこれといった特色のない一連のように見受けられる。そればかりか、「忘却はすべての悔の終り」、「民族のかなしみ」、「せめぎあふ国と国との憎しみ」などの、大づかみで抽象的な言葉遣いは、読者にはどうしてもひびいて来ない。具体的にそれと特定しないため、独立した作品としては弱さを免れないだろう。また、「小鳥きてかたみにくちをふふみあふみちあふれたる愛のしづけさ」は、とくに「去来」に含まれなくてもよいかもしれない。しかし、今まで辿ってきた波乱に充ちた生涯をふり返り、その大きな時間の流れの中においてみるならば、また、最終歌集の最後の一連であることを思うならば、右のような大づかみな表現も不自然なく感じられる。

晩年を迎えた白蓮の心には、一連の一首一首がみずみずしくよみがえり、しきりに去来してやまぬ確かな出来事であったのだ。そしてそのまなざしは、「去来」を越えて広がる遠く遥かな地平線に向けられていたのに違いない。

最後に本歌集以後の他誌に発表した作品を挙げておきたい。

朝まだき梢をわたり鳴く鳥の声ききをれば身につまさるる

はぐれ鳥親をさがしていくとせか森の梢にけさなきわたる
月影はわが手の上と教へられ淋しきことのすずろ極まる
月影をまさぐるものと知りてよりわが世の果てのまぶたに映る
ものみなに縁なき闇の中に見るわが天地のはてしなきかな
昨日と云ひ今日とくらしてうつそ身の明日のいのちをわが生むとす
そこひなき闇にかがやく星のごとわれの命をわがうちに見つ
流れゆく雲にかくるる月なれや命のかげもかくぞ消えゆく
いつしかに八十とせ生きてつかの間の露の命のことはりを知る
松の風般若波羅密と聞えくるわれのみぞ知るさびしさかこれ

（『短歌研究』第二十二巻十一月号、一九六六〈昭四一〉）

緑内障による両眼の視力が失われた状態で詠われた、「いのち」と題する十首である。悲運という試練は最晩年に及ぶまで白蓮に容赦なかった。その闇の中で月影をまぶたに宿し、果てしなく広がる天地を見、われみずからの命を見るという境地。各首の鑑賞は他稿で述べたのでくり返さないが、あらためて読み返してみても恐ろしいほど研ぎ澄まされた感性と思惟であり、近寄りがたく透徹した歌境である。白蓮という歌人の至り着いた作品世界であった。この歌人を語る時、常につきまとってきた旧派和歌的世界とははるかにかけ離れた世界であることに思いを致さねばならない。他界する前年の発表であった。

以来四十年いっしょに暮らしてきて、私はできるかぎりは燁子の個性をのばすように手助けをしてやることができたと思っています。（略）私のところへ来てどれだけ私が幸福にしてやれたか、それほど自信があるわけではありませんが、少なくとも私は、伊藤家や柳原の人々よりも燁子の個性を理解し、援助してやることができたと思っています。波乱にとんだ風雪の前半生をくぐり抜けて、最後は私のところに心安らかな場所を見つけたのだ、と思っています。

（既出・宮崎龍介「柳原白蓮との半世紀」）

白蓮の切り拓いた人生と到達した歌境には、白蓮の個性へのふところ深い龍介の理解も少なからず手伝っていたのであった。

あとがき

本書は歌誌「相聞」（著者編集発行）第三十八号から第六十七号までの三十九回にわたって連載してきたものである。当初、「焼跡に芽吹く木のあり――柳原白蓮の後半生と歌の展開」と題名に掲げた通り白蓮の後半生における作品が、どのように変遷し展開されてきたかを主眼として稿を進めてきた。しかし、作品がその人生の中から生み出される以上、後半生は前半生とその作品への理解と評価があってこそ、歌境の変化も開拓も見渡せるものであろう。

白蓮に関する著作は、『恋の華・白蓮事件』をはじめ、現在に至るまで数多く出版されている。しかし、そのほとんどは前半生における、特に炭鉱王・伊藤伝右衛門との再婚と出奔事件までの十年間にライトを当てたものであった。作品の評価も多くは初期の『踏絵』や『幻の華』に止まっている。後半生の営みと全歌集五冊（『几帳のかげ』を含む）にわたる解説や鑑賞に関しては、まだ着手されていない状態であった。私はあらためて全歌集を読み通すまたとない機会に恵まれたのである。それによって、伊藤家出奔後二年近くを経て始まった宮崎龍介との新生活における、ひたむきな日々の中から切り拓いた叙景歌、育児を中心とした日常詠、戦死した香織の挽歌、及び最晩年に到達した歌境などに出会うことが出来たのであった。

この間九年という、我ながら呆れるほどの遅い歩みであった。教職に就きながら、歌誌の編集・発行とそれにともなう仕事量の増加。また、NHK連続テレビ小説『花子とアン』が二〇一四年（三月〜九月）に放映されて以来、白蓮筆の短冊、色紙、軸および書簡類が各地から発見され、その問い合わせに応じるための文献探しに少なからぬ時間を要したりした。しかし、それによって白蓮の飯塚出奔後の足跡や、後半生の活動の足取りの一端を知る勉強になったのであり、幾つかの新資料に出会うことのできた幸せを体験させてもらったのであった。こうした多忙な日々の中で、どのように稿を書き継いできたのか、今ふり返ってもよく思い出せない。確かなことは、それもこれも書く上での肥料や、継続する上でのエネルギーになっていたということである。

勿論、作品の理解や鑑賞の届かぬ部分、資料不足をはじめ単純なミスと誤植など、推敲と加筆訂正の箇所が少なくない。有難いことに、見落としていた誤植を指摘してくれた熱心な読者もあった。何よりこの歌人についてはまだ解明されないことが多い。その有力な資料の一つ、主宰誌「ことたま」にしても、バックナンバーが揃わず、とくに戦前戦後は休巻号を除いて空白のままである（所蔵は早稲田大学図書館）。

稿を書き継ぐ途中、幾つかの課題に直面することになった。その一つに、作品中には宗教的なとらえ方と見られる発想と表現が少なくないことである。初婚に破れて柳原家に戻り、作歌を始めようとする初期の頃から、日蓮宗との関わりがあったことはすでに知られている。その後、宗派を超えた仏教、キリスト教、神道、さらには神道系宗教である大本などの新宗教にも並々ならぬ関心を寄せてきた。こうした宗教的なものの見方が作品にどのように投影されているか、それが歌境にどう深められているかについては、本稿では指摘するに止めた。また、詩歌集『几帳のかげ』所収の、百首詠についても更に考察を深める必要があろう。飯塚を出奔後身を寄せた尼寺、長男の出産場所もまだ定説をみない。最近では白蓮の初期の恋人についての問題が浮上している。いずれ、幾つかの課題とともに、論考を試みるつもりである。

なお、本書をまとめるにあたりましては、白蓮の長女である宮崎蕗苳様と孫の黄石様に聞き取りのための時間を割いていただきました。また、白蓮の教え子である関民子様にも幾つかの思い出話をお伺いいたしました。心より感謝申しあげます。

加えて白蓮研究者である飯塚在住の宮嶋玲子氏、白蓮資料展示館の女主人・有松道子氏、朝日新聞西部本社飯塚支部記者・垣花昌弘氏、白蓮資料蒐集家・山崎嘉峯氏、歌友の川涯利雄氏、平山公一氏、磯田ひさ子氏に親しくご協力を得ることが出来ました。とりわけ宮嶋氏と有松氏には、折に触れて地元ならではの貴重な資料の提供をいただきました。また、出版の決心をつきかねている私の背を押し続けてくれましたのは、歌仲間の平林静代さん、田村広志さん、さいとうなおこさんでした。

こうした方々にめぐり合えた幸せをあらためて嚙みしめております。ここにご厚情を深く感謝申し上げる次第です。

なお、二〇二二年一月二十日、宮崎蕗苳様が他界されました。謹んでお悔やみ申し上げます。生前に拙著をお目にかけることが叶わず非常に残念に思います。

最後になりましたが、本著を出版するにあたりましては、角川文化振興財団のご担当・吉田光宏様の励ましをはじめ、素敵なカバーをデザインしていただいた装幀家・小島真樹様、綿密な校正をしていただいた校正者の方など、多くの方々にお力添えをいただきました。あらためて御礼申し上げます。

二〇二二年十月末日　秋深む日に

中西洋子

基本文献

『女人和歌大系』第五巻・長澤美津編　一九七八年六月一日　風間書房

『現代短歌全集』第三巻　一九八一年　筑摩書房

伊藤白蓮　第一歌集『踏絵』　一九一五年三月二〇日　竹柏会出版部

伊藤白蓮　第二歌集『幻の華』　一九一九年五月二五日　新潮社

伊藤白蓮　詩歌集『几帳のかげ』　一九一九年三月一三日　玄文社

柳原燁子　第三歌集『紫の梅』　一九二五年六月二〇日　聚芳閣

柳原白蓮　第四歌集『流転』　一九二八年六月二五日　不二書房

白蓮　第五歌集『地平線』　一九五六年六月二五日　ことたま社

柳原白蓮集『現代短歌全集』第十八巻（踏絵・幻の華・几帳のかげ・流転・抄）　一九三一年三月　改造社

柳原白蓮『荊棘の実　自叙伝』　一九二八年九月三日　新潮社

柳原白蓮『白蓮自叙伝　荊棘の実』二〇一四年八月三〇日　河出書房新社

柳原燁子「私の歩んだ道・柳原燁子」神崎清編『現代婦人傳』一九四〇年五月三日　中央公論社

柳原白蓮『火の国の恋』・松永伍一解説　一九五九年一一月三〇日　出版タイムス社

宮崎燁子『短歌教室』一九五〇年七月一五日　ことたま社

白蓮　戯曲『指鬘外道』（含「みどり丸」）　一九二〇年三月二五日　大鐙閣
柳原白蓮選『支那事変歌集　塹壕の砂文字』　一九三八年九月二六日　協和書院
歌誌「ことたま」一九三五・六月～　ことたま社　白蓮死去の後、龍介を経て娘・宮崎蕗苳氏が代表。二〇二二年一月、死去の後、同年七月最終号及び宮崎蕗苳追悼号（発行者宮崎黄石）
柳原白蓮『柳原白蓮エッセイ集　ことたま』（抄）二〇一五年一一月一〇日　河出書房新社
歌誌「心の花」佐佐木信綱編集　一八九八年二月～　竹柏会
同人誌『エニグマ』久保猪之吉と九州帝国大学の門下生　一九一三年二月～五月
『女人藝術』創刊号・長谷川時雨編集　一九二八年七月

主要参考文献

永畑道子『恋の華・白蓮事件』　一九八二年一一月一五日　新評論／一九九〇年四月一〇日　文藝春秋・文春文庫／二〇〇八年一〇月二五日　藤原書店
林真理子『白蓮れんれん』　一九九四年一〇月　中央公論社／一九九八年一〇月一八日　中央公論新社・中公文庫

宮嶋玲子聞き書き・宮崎蕗苳『白蓮　娘が語る母燁子』二〇〇七年五月一八日　旧伊藤伝右衛門邸の保存を願う会
深町純亮『伊藤伝右エ門物語』二〇〇七年二月一七日　旧伊藤伝右衛門邸の保存を願う会
村岡恵理『アンのゆりかご　村岡花子の生涯』二〇〇八年六月五日　マガジンハウス　二〇一一年九月一日　新潮社・新潮文庫
井上洋子『柳原白蓮』西日本人物誌［20］二〇一一年一〇月一五日　西日本新聞社
宮崎滔天『三十三年の夢』人間の記録62　一九九八年八月二五日　日本図書センター
安住恭子『「草枕」の那美と辛亥革命』二〇一二年四月一日　白水社
宮崎龍介「父滔天のことども」宮崎滔天『三十三年の夢』巻末
「柳原白蓮との半世紀」『文藝春秋』一九六七年六月号　文藝春秋
「蔣介石への使者」『季刊とうてん』第五号　一九八〇年一一月　滔天会
長谷川時雨『長谷川時雨全集3』一九九三年　不二出版
菊池源武『灯かげ』一九九九年二月八日　ほおづき書籍株式会社
岩淵宏子・長谷川啓監修『「帝国」戦争と文学23』所収　菅聡子『民族のともしび』解説　二〇〇五年六月　ゆまに書房
古谷智子『片山廣子』二〇一八年七月一日　本阿弥書店

※文中で引用した個々の論文、エッセイ、報告書類の出典については、煩雑になるためそれぞれ文中の（　）内に記入した。

柳原白蓮年譜

西暦（元号）	年齢	主な出来事	関連事項
一八八五（明18）		十月十五日、誕生。父は伯爵柳原《やなぎわら》前光《さきみつ》、母は柳橋の芸妓奥津りょう。燁子《あきこ》と命名。生後まもなく柳原家に引き取られ、次女として入籍。のち品川の種物問屋を営む増山くにの家に里子に出される。兄義光、元一郎、姉信子。前光の妹愛子《なるこ》は明治天皇妃・大正天皇生母。	鹿鳴館における対西欧諸国外交の全盛期。
一八八八（明21）	3歳	十月七日、生母りょう病死。りょうの父新見豊前守正興は、日米修好通商条約批准書交換のための正使として渡米した外国奉行。母は大久保彦左衛門の家系。りょうの姉ゑつも芸妓。	
一八九二（明25）	7歳	小学校入学のため柳原家に戻り、麻布南山小学校に入学。	
一八九四（明27）	9歳	子爵北小路随光《よりみつ》の養女となる。養母久子は国文学者の家系。随光は佐佐木信綱に師事。この二人に和歌の手ほどきを受ける。転居後、竹早町の師範附属小学校に転校。秋、父前光死去。兄義光が襲爵。	八月、日清戦争宣戦布告。翌年（明28）日清講和条約締結。

一八九八（明31）	13歳	華族女学校に入学し、麹町区永田町まで徒歩で通学する。	「心の花」創刊。
一九〇〇（明33）	15歳	華族女学校を二年で中退し、北公路家の養子資武《すけたけ》と結婚。	「明星」創刊。
一九〇一（明34）	16歳	四月、功光を出産。十月、一家で京都鞍馬口に転居。	『みだれ髪』刊。
一九〇四（明37）	19歳		二月、日露戦争宣戦布告。
一九〇五（明38）	20歳	離婚する。柳原家に戻り、初子の隠居所で幽閉生活を送る。縁談話が起こり、品川の増山くにの元へ家出する。	九月、日露講和条約（ポーツマス条約）締結。
一九〇八（明41）	23歳	姉信子の勧めにより東洋英和女学校に編入学し、寮生活を送る。生涯の友となる村岡花子を知る。佐佐木信綱主宰の竹柏会に入会。	三月、平塚らいてうと森田草平の心中未遂。
一九一〇（明43）	25歳	「心の花」（八月号）に初めて短歌五首採用（署名柳原燁子）。東洋英和女学校卒業。	幸徳事件（大逆事件）。翌年一月、幸徳秋水ら死刑。

一九一一（明44）	26歳	二月、福岡の炭鉱王伊藤伝右衛門と挙式。三月、福岡県嘉穂郡幸袋（現・飯塚市）に住む。「心の花」（六月号「まぼろしの花」十七首）で初めて白蓮の筆名を用いる。	九月、『青鞜』創刊。十月、辛亥革命起こり宮崎滔天が孫文を支援。
一九一二（明45・大元）	27歳	「心の花」（九月号）に明治天皇追悼歌二首発表（筆名伊藤燁子）。	七月、明治天皇崩御。同月、北原白秋が松下俊子との姦通罪で収監。
一九一三（大2）	28歳	九州帝大教授久保猪之吉門下の同人誌『エニグマ』（四、五月）に作発表。久保猪之吉・より江夫妻、福岡鉱務署長夫人野田茂重子らと親交を深め、次第に福岡社交界の花形となっていく。	二月、『エニグマ』創刊。三月、孫文が九州帝大で講演、滔天同行。
一九一四（大3）	29歳	夫・伝右衛門が「大正鉱業株式会社」を設立（古河鉱業と共同経営）、社長に就任する。この年福岡鉱務署管内の炭鉱事故多く、全国の六割を占める。伊藤農園内指月庵にて歌会を開催する。	七月、第一次世界大戦勃発。
一九一五（大4）	30歳	三月、第一歌集『踏絵』刊。四月、東京神田にて白蓮を囲む記念会開催。「心の花」五月号にその批評特集。別府に別荘（あかがね御殿）落成。文学関係者、ジャーナリストらの集う社交場となる。伝右衛門実子・静子結婚。	一月、日本が中国に対華二十一カ条を要求。二月、松井須磨子が九州劇場で「人形の家」上演。
一九一六	31歳	十一月、陸軍特別大演習のため大正天皇が福岡に行幸。	一月、『婦人公論』創刊。

（大5）			
一九一七（大6）	32歳	五月、佐佐木信綱福岡来訪。久保猪之吉と共に太宰府を案内。筑豊疑獄事件の裁判始まる。	二月、『主婦之友』創刊。三月、芳川伯爵夫人鎌子心中事件。
一九一八（大7）	33歳	四月、筑豊疑獄事件の証人として法廷に立つ。これにより「筑紫の女王燁子」の見出しで大阪朝日新聞による連載開始（十回）。伝右衛門所有の中鶴炭鉱の大爆発により、炭鉱員のストライキ始まる。七月、久保猪之吉の診察を受けた倉田百三と交流。白蓮ファンの陸軍中尉藤井民助への恋文が次第に頻繁となる。養嗣子金次と義妹初枝結婚。	七月、富山の米騒動全国に広がる。八月、シベリア出兵。十二月、東京帝大新人会発足、龍介参加。
一九一九（大8）	34歳	三月、歌集『幻の華』、詩歌集『几帳のかけ（げ）』刊。五月、虚子歓迎俳句大会に久保より江、野田茂重子と出席。十二月、『解放』（黎明会機関誌）に戯曲「指鬘外道」発表。	一月、松井須磨子が島村抱月を追って自殺。
一九二〇（大9）	35歳	一月、『解放』の編集者として宮崎龍介が別府訪問。以後文通始まる。三月、『指鬘外道』刊。六月、市村座にて上演。虚子別府の別荘に来訪。	三月、新婦人協会結成（平塚らいてう等）。
一九二一（大10）	36歳	一月、「短歌自叙伝」掲載（『新小説』）。龍介、白蓮との交際により『解放』の編集を解任される。七月、九条武子別府の別荘に滞在。八	四月、自由学園創立。同月、赤瀾会結成。十一月、

一九二一（大10）	36歳	月、『白蓮自選歌集』刊。九月、博多の芸妓ふな子を身請けする。十月二十日、飯塚を出奔。東京中野の山本安夫宅に身を寄せる。同二十二日、大阪朝日新聞による出奔記事、二十三日同紙夕刊に「燁子の絶縁状」掲載。対して二十四日から二十七日にわたり大阪毎日新聞に伝右衛門の「燁子に与ふ」を掲載。十一月一日、東京にて伊藤・柳原両家の親族会議。二十六日、福岡市天神町の「あかがね御殿」落成。二十七日、燁子の離婚決定。この間、身を隠すため居所を転々とする。	原敬首相暗殺事件。石原純と原阿佐緒事件（東北帝大辞職）。
一九二二（大11）	37歳	一月、柳原家にて監禁される。三月、柳原義光が貴族院議員を辞職。五月、龍介との長男香織を出産。七月、京都綾部の中野岩太の別荘に匿われる。十二月、宮崎滔天死去（51歳）。	
一九二三（大12）	38歳	上京し御茶の水の中野家に隠棲中、関東大地震に遭遇。これにより北豊島の宮崎家に迎えられる。香織は槌子が連れ帰る。以後結核を病む龍介に代わり、燁子の文筆活動による収入にて家計を支える。十一月、宮内省より華族除籍を発表。これより柳原白蓮、柳原燁子の筆名にて文筆活動を行う。	六月、有島武郎が波多野秋子と心中。九月、関東大地震。
一九二四（大13）	39歳	この年、吉原の娼妓を匿い自由廃業を援助する。十二月、『則天武后』上梓（『女性改造』連載「鳳凰天に搏つ」を改題）。	
一九二五	40歳	六月、歌集『紫の梅』刊。九月、長女蕗苳誕生。	七月、『女工哀史』刊。

（大14）			
一九二六（大15・昭元）	41歳	十二月、龍介が社会民衆党を結成し組織部長となる。『文藝春秋』『女性』『万朝報』などにエッセイ、連載ものを発表。	十二月、大正天皇崩御。
一九二七（昭2）	42歳	福岡のあかがね御殿、火事により消失。	松岡駒吉と共に中国を訪れ、社会民衆党と中国国民党との連携を図る。
一九二八（昭3）	43歳	龍介が第十六回衆議院議員選挙に社会民衆党より立候補。その運動中に喀血した龍介に代わり、燁子が選挙運動に立つ。五月に歌集『流転』、七月に『筑紫集』、九月に自伝的小説『荊棘の実』、小説『恋愛懺悔』刊。『女人藝術』創刊号に短歌十首発表。	七月、『女人藝術』創刊。
一九三〇（昭5）	45歳	二月、小説『青春譜』刊（のち映画化）。龍介が全国民衆党より再度立候補（前年、社会民衆党の分裂により龍介が結成）。	
一九三一（昭6）	46歳	龍介と中国訪問。三週間にわたり各地を歴訪。	九月、満州事変（柳条湖事件）。
一九三五（昭10）	50歳	六月、歌誌「ことたま」（ことたま社）創刊。	

一九三七（昭12）	52歳	龍介、中国との和平工作のため上海行きを企てるが阻止され、拘束の後解放される。これにより、家宅捜索を避け一家で蓼科の山荘に避難。	七月、日中戦争（盧溝橋事件）。
一九三八（昭13）	53歳	九月、『塹壕の砂文字』刊。	四月、国家総動員法成立。
一九三九（昭14）	54歳	二月、『歴代女流歌人の鑑賞』刊。	五月、ノモンハン事件。九月、第二次世界大戦勃発。
一九四一（昭16）	56歳		十二月、真珠湾攻撃、太平洋戦争開戦。
一九四二（昭17）	57歳	十二月、宮崎槌子死去（71歳）。	二月、大日本婦人会発足。
一九四三（昭18）	58歳	三月、小説『民族のともしび』刊。	十二月、第一回学徒出陣。
一九四五（昭20）	60歳	八月十一日、学徒出陣中の香織が米軍機の爆撃により鹿児島県串木野（現・いちき串木野市）にて戦死。	八月、広島、長崎に原爆投下。敗戦。

一九四六（昭21）	61歳	五月、NHKラジオに出演し、これを機に平和運動を始める。「悲母の会」を経て「国際悲母の会」結成。「ことたま」再刊。	一月、天皇人間宣言。十一月、日本国憲法公布。
一九四七（昭22）	62歳	十一月、歌集『踏絵・幻の華』（日本文学選27）刊。伝右衛門死去（87歳）。	五月、新憲法施行。十月、刑法改正により姦通罪廃止。
一九五〇（昭25）	65歳	七月、『短歌教室』刊。「国際悲母の会」九州支部発足。	
一九五三（昭28）	68歳	「世界連邦平和運動」婦人部部長となる。各地を講演旅行。	
一九五四（昭29）	69歳	九月、別府銅御殿ホテル内に建立された歌碑の除幕式に招かれ、龍介とともに出席。『ことたま選集』刊。	
一九五五（昭30）	70歳	八月、被爆十年の広島へ。	八月、第一回原水爆禁止世界大会。
一九五六（昭31）	71歳	四月、招待を受け龍介と中国各地を一か月半にわたり訪問。六月、歌集『地平線』刊。九月、佐佐木信綱を来宮に訪問。	五月、売春防止法公布（翌年四月施行）。

一九五八（昭33）	73歳	九州、神戸、三重などに講演旅行、乞われて歌を詠む。	
一九五九（昭34）	74歳	旅先にて緑内障を発症、次第に視力を失い、二年後には両眼を失明。十一月、自伝『火の国の恋』刊。	
一九六六（昭41）	81歳	十一月、『短歌研究』に「いのち」十首発表、遺作となる。	
一九六七（昭42）		二月二十二日、死去（81歳）。葬儀委員長片山哲。墓地は相模湖南の石老山顕鏡寺。	
一九七一（昭46）		一月二十三日、龍介死去（78歳）。	

※参考　右の略年譜は、永畑道子『恋の華・白蓮事件』、宮嶋玲子聞き書き・宮崎蕗苳『白蓮　娘が語る母燁子』、井上洋子『柳原白蓮』、柳原白蓮展実行委員会『愛を貫き、自らを生きた　白蓮のように　柳原白蓮展』（朝日新聞社）などを参考とし、その後著者により新たに判明した事柄を追加したものである。

著者略歴

中西洋子（なかにし ようこ）

1941年、三重県生まれ。
岡野弘彦主宰「人」終刊後、1998年「相聞」創刊。編集・発行（現在第79号）。
この間、大学、女子大学などの教職に就く。
歌集に『風の方位』『萩砦』『草流離』『雲出川』『渚の書』などがある。

流転《るてん》の月《つき》　柳原《やなぎわら》白蓮《びゃくれん》ノート

初版発行　2023年5月25日

著　者　中西洋子
発行者　石川一郎
発　行　公益財団法人 角川文化振興財団
〒359-0023　埼玉県所沢市東所沢和田3-31-3
ところざわサクラタウン 角川武蔵野ミュージアム
電話 050-1742-0634
https://www.kadokawa-zaidan.or.jp/
発　売　株式会社 KADOKAWA
〒102-8177　東京都千代田区富士見2-13-3
電話 0570-002-301（ナビダイヤル）
https://www.kadokawa.co.jp/
印刷製本　中央精版印刷株式会社
 ISBN978-4-04-884524-3 C0095